大风诗丛

徐向中 主编

奇韵春秋

（一）

李贤君 著

中国书籍出版社

China Book Press

图书在版编目（CIP）数据

寄韵春秋（一）/ 李贤君著 . -- 北京 ：中国书籍出版社，
2023. 11
　　（大风诗丛）
　　ISBN 978-7-5068-9647-4

　　Ⅰ．①寄… Ⅱ．①李… Ⅲ．①诗词－作品集－中国－
当代 Ⅳ．① I227

中国国家版本馆 CIP 数据核字（2023）第 216448 号

寄韵春秋（一）

李贤君　著

策划编辑	毕　磊
责任编辑	毕　磊
责任印制	孙马飞　马　芝
封面设计	郝　丽
出版发行	中国书籍出版社
社　　址	北京市丰台区三路居路 97 号（邮编：100073）
电　　话	(010)52257143（总编室）　　（010）52257153（发行部）
电子信息	eo@chinabp.com.cn
经　　销	全国新华书店
照　　排	徐州盛景包装设计有限公司
印　　刷	徐州市环城印刷有限公司
开　　本	787mm×1092mm　1/16
字　　数	1763 千字
印　　张	138
版　　次	2025 年 2 月第 1 版　　2025 年 2 月第 1 次印刷
书　　号	ISBN 978-7-5068-9647-4
定　　价	560.00 元（全 7 册）

悠悠雅韵　浩浩诗风

——《大风诗丛》总序

徐向中

徐州，自《徐人歌》《大风歌》而后，两千多年来，风骚灿烂，作家星布，代出奇才，不可胜数。徐籍大家刘邦、刘彻、刘交、韦孟、刘细君、徐惏、刘商、刘孝绰、刘令娴、刘禹锡、李煜、陈师道、刘端礼、刘彦泽、陈铎、马蕙、李向阳、阎尔梅、万寿祺、李蟠、张竹坡、孙运锦、张伯英、祁汉云、王学渊、韩志正、周祥骏等，光耀史册，激励后来。

新中国建立，特别是改革开放四十多年来，经济发展，社会进步，生活安定，舆论宽松，中枢倡导弘扬优秀传统文化，推进精神文明建设，增强文化自信，故而吟诗填词，好者群出，一时比学赶帮，人才济济，结集成册，遂成时尚。近年来，徐州诗人荣获国家、省、市诗歌大奖者络绎不绝，所刊之诗词集，何止百部，真个前所未有。2013年，徐州更是荣获"中华诗词之市"光荣称号，实为众星捧月之果，其华熠熠，遐迩争誉。

今年，柳振君、刘学继、王惠敏、李贤君、马广群、郑红弥、黄亮，联袂出版《大风诗丛》，这是徐州吟坛又一喜事。他们既有笔耕多年、声名远播的老手，也有写作不久，但才华不浅的中年，还有1980年代的后起之秀。

《寄韵春秋（一）》是李贤君先生的新作。贤君先生退而不休，仍兼职铜山区慈善总会主持工作的副会长、市委组织部党建指导员等。他和王惠敏先生等诗友创办并主持的《铜山诗协微刊》，出刊已近百期，作者遍及全国，赢得很好的声誉，受到区文联的表彰，他本人也被中华诗词学会评为运用网络传播诗词文化的先进个人。2020年，他的第一本诗词集《寄韵春秋》出版，收作品900首，是退休后在繁忙事务下取得的成果，证明了他的勤奋、刻苦。贤君先生除了向书本学习、与诗友切磋外，更会利用新技术传媒，在网络上聆听许多名家的诗词讲座，汲取各种写作技巧，并付诸实践，因而提高极快。自第一本诗词集出版后，仅仅三年多，《寄韵春秋（一）》，又编辑成册，收入诗词一千余首。他生活阅历丰富，既熟悉农村，又熟悉城市，因而作品题材也异常广泛，诗词形式无不涵盖。

本集共分十三部分，举凡国家大事、故里风貌、亲情友谊、山河胜迹、花鸟物候，等等，一一呈现，令人目不暇接。试录几首，以见精彩：

落　叶

不怨西风起，迎霜使命然。

归根情未了，新翠续生缘。

龚自珍有名句"落红不是无情物，化作春泥更护花。"写自己辞官归乡，犹如从枝头掉下的落花，但它却不是无情之物，会化成春天的泥土，还能起着培育下一代的作用，表示仍要为国为民尽最后一份心力，借此表达心志。贤君先生这首五绝，写落叶顺应自然，该退则退，该老则老，但仍有热情、余力奉献给"新翠"，不但赋落叶以人格，而且寓哲理于形象中，写得角度新颖、基调昂扬、别开生面，也寄寓了自己退而不休、退而有为的美好情志。

天　平

肩担质量衡，砝码取公平。

若把私心放，如何测重轻？

天平是衡量物体质量的仪器，依据杠杆原理制成，在杠杆的两端各有一小盘，一端放砝码，另一端放要称的物体，杠杆中央装有指针，两端平衡时，两端的质量（重量）相等。这首五绝，前两句写天平砝码的责任，转结句虚拟反问，写人的操作，借天平砝码来隐喻某些肩负裁决责任的单位和个人，如果私心作怪，有公平之尺又有何用，也同样会造成不公之事出现。

以上两首，写物而不粘滞于物，有寄托，有远引，言在此而意在彼，深得咏物要旨。

乡春掠影

竹溪柳影接芳茵，鸥鹭翻飞竞戏春。

遥控农机耕沃野，霜翁渐作画中人。

　　此绝写农村实现了机械化，耕种、喷药、除草等甚至用上了无人机，直接遥控，无须入田。白发老农已不再如昔年那样苦劳，立于田间就在画中。这个画面就是竹林、溪水、芳草地，银鸥、白鹭、耕田的机械。小诗组景密集，镜头由低到高，有静有动，和谐融汇，从一个侧面印证了农村的进步变化。

田园忧

农田稼穑应春秋，遍野勤人尽妪翁。

老弱怎营粮满廪，犹期沃土诱新兵。

　　此绝所写，是守护田园卜地十活的，全是老弱病残，年轻人全都外出打工，稍微有些能力的，也都迁到城镇去了，这样下去，粮食又怎能丰产丰收，农村又怎能振兴呢，期望年轻人能回乡返乡，那才是农村振兴的希望所在。这又从另一个侧面，说明新农村建设中令人忧虑的大事、急需解决的问题。

摘朝天椒有感

丛椒鲜艳向天呈，恰似童颜满面荣。

尔恋霞光风雨沐，高堂培育对阴晴。

朝天椒特别辣，老年人一般不吃，所以红时采摘，待晒干后，留作零用或做辣椒酱。首句描形，贴切；次句写神，用"童颜"作比，人格化，生动。转句言其生长要有相应的自然环境；结句是诗眼—高堂的培育更为重要，除草灭虫施肥，旱了要浇，涝了要排，无论阴晴，时刻关照，无微不至，舍此，既不能蓬勃生长，更难以结实。此作由摘椒联想到儿女的健康成人"满面荣"，全赖慈母的辛勤培养、看护。前三句皆为铺垫，是"兴"，结句揭示诗质。小诗寄说理于物象之中，句句变化，层层递进，手法多样，令人嘉赏。

暮春深山访友

涧覆朦胧雾，峰升灿烂霞。

红樱连绿杏，啼鸟伴鸣蛙。

瀑落长河水，槐开满岸花。

白云缭绕处，庭院话桑麻。

这首五律，围绕题目，写沿途所见所闻，描摹细致，娓娓道来，层次井然。看有：下视上视平视；感有：视觉听觉嗅觉；物有：植物动物人物；风景颜色有：红樱绿杏白雾丹霞碧水白云香花。人在景中，情与景汇，天文（雾霞云）地理，容纳丰富，诗画合一。前三联对仗工巧，尾句含蓄作结，给人留下联想空间。

　　贤君先生的作品，不但赢得周围诗友们的推许，也得到著名诗人、诗评家雷海基、张金英、安全东等的评析称赏，笔者也以一阕《西江月》咏赞：

秋色春光寄韵，山程水驿抒怀。园花野树笔端裁。写出自家风采。

铭感亲情友谊，系心村叟童孩。欢欣忧虑卷中排，尽展胸间百慨。

2023 年 10 月

目 录

春华孕实 …………………………………………… 1

夏润禾葱 …………………………………………… 37

秋果飘香 …………………………………………… 71

冬雪滋梅 …………………………………………… 107

亲友情深 …………………………………………… 135

桑梓怀恋 …………………………………………… 151

节日题咏 …………………………………………… 187

山河吟赞 …………………………………………… 209

托物言志 …………………………………………… 243

人生感悟 …………………………………………… 271

闲咏杂讴 …………………………………………… 305

阅读抒感 …………………………………………… 343

他山撷玉 …………………………………………… 361

后 记 …………………………………………… 381

春华孕实

春

莺鸣映曙晖，雪化柳芽肥。

一夜东风起，千山染翠微。

初春河边掠影

沙汀鸥鹭起，翠岸白云流。

碧水红颜映，欢声逐桂舟。

初春公园

新绿映澄塘，桃花试绽芳。

梅梢虽褪粉，碎影舞朝阳。

听春雷

惊雷夜报春，细雨润琼津。

虫草闻声起，平添物候新。

惊蛰

阡陌雨滋春，风和柳渐新。
雷惊蛙唱后，遍地稼耕人。

谷雨

夜雨应晨晴，窗传布谷声。
天公知我愿，土润好耘耕。

春雨

春霁鸟频歌，长溪荡碧波。
村翁阡陌赏，甘露润田禾。

春雨后

雨霁明诗眼，风柔酿韵心。
登阶红湿处，翁赏鸟扬音。

暮春遣怀

方伤春晼晚，即见实营枝。

待到飞鸿返，田园果硕时。

春暮吟

愁因花谢起，兴应实营回。

拾得天然趣，心安韵自来。

春晨有忆

树鸟几声啼，丛花艳满枝。

梦惊风送远，吹到少年时。

春宿山乡（新韵）

池月映东窗，和风送洌香。

高山流水处，琴瑟韵悠扬。

种春（新韵）

犁开露晓风，种亮满天星。
春染千田翠，秋期五谷丰。

春

布谷一声啼，鲜花互斗奇。
东风千里送，雨润万山怡。

春日抒怀

春雨沃畴淋，风吹物候新。
耕耘珠汗落，天道慰勤人。

春园一隅

满溪流水绿，一树杏花红。
双燕穿新柳，亭边寂钓翁。

春观野花

闲花映日新，吐艳不争春。
香淡清溪远，心安景悦人。

赏春

传馨卉异形，嫩叶立蜻蜓。
妙啭凌云处，翁童说百灵。

春画

春溪润百花，风细柳绦斜。
雨霁青山上，村姑正采茶。

游春（新韵）

弱柳缕丝牵，黄鹂啭百山。
溪清舟载笑，靓女悦天男。

立春

梅迎雪化满春池，细雨和风绿柳枝。
百啭黄莺声切切，频邀沃野去耕犁。

春讯

近传幽涧水声多，融雪含情雨润坡。
稼穑时机谁洞晓，待听布谷唱新歌。

立春夜思（新韵）

立春雪霁月为朋，慢数雄鸡报晓声。
思绪随风千里越，经宵无梦有乡情。

待雷鸣

残雪消融鸟踏鸣，东风拂面雨含情。
嫩芽春蕊先机酿，只待新雷一两声。

初春雨前撒化肥

盼雨清晨配氮磷，轻抛颗粒落田匀。

吾心天晓淋甘露，滋润禾苗去弄春。

辛丑年首闻蛙鸣

新雷未响却蛙鸣，临近春分杏落英。

何故初歌争早唱？感知温暖唤耘耕。

壬寅年蛙醒迟（通韵）

早花频遇冷霜欺，蛙晓寒侵梦醒迟。

虽有春雷多日唤，初鸣总在旭盈溪。

癸卯惊蛰蛙鸣有感

方临惊蛰便蛙鸣，暖树青葱雀鸟争。

催早并非农者愿，忧寒再袭损新英。

注：2018—2023 年，徐州市铜山区楚河青蛙初鸣的时间分别为 3 月 19 日、27 日、19 日、15 日、24 日、6 日。

春分时节

雨落春分夜送凉，冬衫着罢换新装。
人随天道田滋润，清霁欣观百卉芳。

谷雨时节

枝褪残红嫩杏裁，衔泥筑垒燕徘徊。
霜消雨沛农家晓，已把田禾种下来。

油菜花开蜜蜂来

金花灿灿散芬芳，靓女天男拍艳妆。
蕊谢勤蜂传粉远，谁知竟日老农忙。

梨园花开

老树新英露映霞，澄河两岸绿无涯。
游人在赏春光好，时值村姑正授花。

暮春赏红叶石楠

葱林幽径染残花，杏嫁东风满树桠。

刚叹春回盈翠色，眼前红叶映朝霞。

春暮

荷出叶尖青杏小，蛙游碧水燕双飞。

花飘红雨情何在？甘化春泥送子归。

花落

蝶蜂吻过谢妍妆，随水漂流莫感伤。

英谢萦怀留厚意，只为岁岁映春光。

春晚河边

风送田田李蕊香，谁弹琴韵寄情长。

如期赴约亭边至，明月河中映露妆。

种玉米

踩实方能出健苗，驱虫除草促禾骄。

百天经得风和雨，穗酿金黄梦逐宵。

春宵闲梦

春宵一梦到天涯，云雨巫山伴采茶。

只恨黄莺窗外闹，凝魂惊醒慕韶华。

望春感怀（新韵）

新花争艳嫩芽裁，归燕呢喃老友来。

虽是年年春日好，早耕方可果攀摘。

游春

沙汀日暖戏鸳鸯，两岸鲜花散冽香。

谁荡扁舟欢乐送，天男抓拍悦红妆。

赏春

一

花盛乡村四处香，溪边丝柳燕穿忙。

赏春各有心期待，尔拍容颜我种粮。

二

雪化春池柳翠堤，梁间归燕乐衔泥。

岸边桃李花开后，欣见青荷染满溪。

春日河畔

翠柳丝丝影入河，归巢双燕对新歌。

春花绽放情依旧，应序欢凫戏碧波。

春耕

柳翠花红紫燕巡，东风携雨沃田新。

问询谁扮山河色？一曲犁歌一野春。

春雨留客

和风细雨罩青纱，留客真心洗苑花。
伞下丽人遥指处，与谁船上品新茶。

春思

声声杜宇唤归途，万里乡音尚未殊。
梦入春秋桑梓秀，冰心一片胜当初。

春归

万点英飘顺水流，离人照镜倍添愁。
心随花落归期盼，遥望家山上危楼。

春雨夜话

春雨如油落整宵，无言有意与吾聊。
邀君旭霁风光赏，翠满田园卉现娇。

采茶（新韵）

采茶姐妹上青山，一路歌声一路妍。
双手摘来新叶味，馨飘千里送春尖。

种春

群英绽放应春风，归燕衔泥草竞葱。
巧算农时田野里，耕耘挥汗妪陪翁。

拍春

花散馨香蝶舞春，妹愉抓拍画翻新。
忽然树后天男过，一键存屏景变人。

早春

夜雨收寒日弄晴，柳芽吐翠啭黄莺。
何需布谷声声唤，沃野农人早稼耕。

癸卯初雨

苗知春雨贵如油，便吐新芽绿沃畴。

待到百花争艳后，谷波逐浪染金秋。

惊蛰

初雷一震唤蛙鸣，满目春山燕北行。

好雨知时潜入夜，农人应序已犁耕。

慕春

蛙约游鳞戏碧塘，小园几许着新装。

霜翁不懂呢喃语，总见衔泥往返忙。

筑巢

往返呢喃梁垒筑，新居故友共晨宵。

归人得赏雏声闹，乐逗儿郎扮女娇。

山乡早春

炊烟流水绕，野色白云连。

啭鸟歌高树，幽花颂碧泉。

苗青惟觉秀，松老不知年。

神醉乡间里，风光出自然。

初春

雨润百花鲜，晴光淑气连。

行云幽翠岭，流水映苍天。

沃野新苗壮，垂杨紫燕穿。

儿孙拼搏去，翁妪守篱边。

新春抒怀

梅开应旭阳，不惧鬓添霜。

静寄春秋趣，闲观日月长。

有怀情更重，无欲梦犹香。

平仄寻诗句，乡歌赠远方。

初春雨霁

花随雨润娇，新翠染枝条。
蛙醒歌澄澈，莺鸣逐寂寥。
和风清露滴，霁日碧云飘。
不待雄鸠唤，农家已育苗。

春雷后

新雷震地鸣，蛙醒送歌声。
雨绿千山树，风妍万朵英。
黄鹂忙垒筑，老叟正犁耕。
遍野营诗韵，澄湖漾逸情。

二月雨

二月雨沙沙，深情润百花。
洗葱溪岸柳，泽艳苑中葩。
林馥蜂欢舞，天蓝燕返家。
牧童吹竹笛，白叟煮春茶。

雨水日夜雨

序时听夜雨，声唤稼耕人。

景色晨如洗，烟霞暮入神。

风和溪水碧，鸟悦柳芽新。

若论田园事，优游霁后春。

谷雨时节

霜断雨烟升，花残翠叶更。

田间苗苒苒，湖里水清清。

幼杏枝头挂，黄鹂垒上鸣。

乡翁希望播，谁乐放风筝？

暮春

雨沛风和煦，蛙鸣紫燕归。

花随新叶瘦，实伴翠株肥。

勤叟营春色，游人赏曙晖。

欢歌飘沃野，禾嫩韵清微。

暮春夜雨

夜雨迎春暮，农人总自怡。

泽樱呈艳果，润麦值佳期。

曦照青峰处，莲开碧水池。

鸣蛙歌对唱，布谷唤耕犁。

春游

一（新韵）

青山沐弱风，琼露映新晴。

幽涧悬泉落，闲云近岭升。

莺欢歌碧树，水澈润妍英。

期做渔樵事，依丛钓月明。

二

杨柳和风散，青山入碧空。

春鸠鸣绿野，微雨霭芳丛。

缘涧神无尽，还家路有穷。

结庐元亮慕，心旷韵犹丰。

雨霁春游

群山沐雨清，霁日照新英。

鹭向天边去，舟朝柳岸行。

水帘邀鲤跃，竹径送鹂鸣。

今寄东风韵，期春驻此生。

游春

晓露透晨光，枫林染翠妆。

时观花落雨，远送水流香。

坐石清风起，行舟逸兴长。

欢声山谷应，鸟语韵悠扬。

酿春

风撩一树春，雨润满山新。

旧垒迎归燕，鲜花扮丽人。

田间苗稼种，月下韵诗巡。

争得时光早，方留果荐臻。

赏春

新雨原无意，滋苗便有情。

和风穿翠柳，碧水映红英。

雷震云端响，虫眠土里惊。

村翁心向远，望雁劲长行。

种春

一

雪融滋柳翠，雨霁现芳茵。

莺啭东风暖，蛙鸣旭日新。

花间蜂劲舞，巢上燕交亲。

人抢田苗早，从时去种春。

二

融雪唤明霞，云滋润百花。

澄湖邀啭鸟，新绿掩鸣蛙。

人应清风起，锄勤沃土耙。

争春流汗水，秋日献桑麻。

花染春园

莺唱黎明曲，春芽雾露蒙。

满溪流水绿，一树杏花红。

舞妹飞仙步，情郎拍艳丛。

燕穿新柳岸，赏景踱诗翁。

山谷春日（通韵）

高瀑注澄溪，红花簇满枝。

水清移日影，林翠挂帘衣。

蝶戏流连舞，莺欢自在啼。

行云峰上绕，远近各幽奇。

春日江湾

鸡唱黎明曲，烟霞映水窗。

逐波鱼对对，振翅鹭双双。

人走康庄道，舟行潋滟江。

欢声霄汉送，皓月照家邦。

见春钓有感

琼露映晨曦，闻馨赏碧池。

逐波鱼对对，抛饵叟期期。

鲫在痴情酿，人当野趣离。

同营生态境，景色自然怡。

春情

细雨润田苗，和风绿柳梢。

鸟啼流水碧，云动翠峰高。

故韵存阡陌，新诗去寂寥。

心盈春日趣，垄亩逐朝朝。

春风千里送

布谷一声啼，萌芽绿岸堤。

新花将艳竞，归雁把云犁。

雨润山河秀，泉清涧壑奇。

春风千里送，诗韵入桃溪。

春暮曲

青杏辞英艳，葱田啭蜣蛙。

柳烟连雨露，麦浪接云霞。

耕稼须凭律，芝兰自有华。

如临春暮叹，沃野问农家。

小满时节

东风随雨尽，青实众枝酬。

叶翠榴方艳，溪澄荷始幽。

循时灌浆麦，穗满不垂头。

谷布休声里，谁愉美景收？

种春

东风绿柳枝，碧水漾晴时。

蝶向花间舞，蛙从蛰处离。

雀莺争暖树，鲤鲫戏春池。

一谷千园种，三秋满廪期。

清明雨后

清霁田畴润，禾苗不让春。
葱归绿秀色，红入蕊鲜新。
对燕房檐闹，双鱼池面巡。
熙阳风煦煦，沉醉白头人。

游春山

山色情相约，林花竞郁纷。
临溪岚气散，攀径鸟声闻。
幽涧悬红日，青峰绕白云。
观翁垂碧水，欲与鹤同群。

乡间春景

归燕新巢筑，群蛙一片鸣。
溪中鱼跃乐，岸上藓斑清。
桃李争春色，桑田送悦声。
农机遥控去，稼穑有精英。

辛丑初春

红梅朵朵报春来，微雨潇潇柳叶裁。

雪化满溪滋岸翠，风歌一曲唤花开。

农夫亟待田园种，客子唯期里巷回。

就地过年民响应，只为疫灭举觥杯。

春染乡间

金牛已唱丰收曲，玉虎生威接瑞春。

雪舞邀来梅蕊艳，莺歌催出柳芽新。

农机耕地人遥控，温室栽培菜自茵。

田晓辛勤呈硕果，天知节令四时循。

春宿山乡

仲春探赏农家乐，柳絮纷飞落杏坛。

归燕衔泥风袅袅，新英含笑露溥溥。

香浓环绕青罗带，水澈斜侵白玉盘。

夜伴泉声思远梦，游人寄韵尽情欢。

春日寻幽

三月黄莺啭翠林，清溪岸柳晓阴阴。

平畴花艳传馨远，沃野苗葱遇雨深。

荏苒参差随入画，徘徊诗韵慢搜寻。

家乡永酿春光灿，闲淡无求和瑟琴。

春景

雪化春池蕊竞红，蝶欢上下舞东风。

千条垂柳清溪畔，百啭黄莺细雨中。

机器隆隆耕大地，水田漠漠映苍穹。

白云缭绕群鸥起，翠岸亭边寂钓翁。

乡问春日

惊雷一唤鼓蛙传，细雨琼浆润沃田。

初绽梨花凝月白，未消竹露正清悬。

群游锦鲤三春闹，百啭丛禽九陌连。

稼穑农人争丽日，青苗吐翠绣长延。

争春

冰消雪化送和风，柳吐新芽梅竞红。

阵阵惊雷传远近，声声布谷唤西东。

早苗总酿丰年里，甘雨频滋乐土中。

应序农家争稼穑，春光尽得有天功。

春分细雨

光分昼夜复春融，序至林园送惠风。

细雨绵绵滋沃野，群花脉脉竞嫣红。

闻雷蛙醒声声唱，得润苗新处处葱。

应律农人清秀织，趁晴抢尽好时空。

雷雨唤春

雷鸣二月唤眠虫，喜雨情滋遍野蒙。

燕舞莺欢营暖穴，山青水秀映苍穹。

犁歌一季田园里，诗咏三春脑海中。

禾汲琼浆荣大地，人勤稼穑蕴秋丰。

玉蝴蝶·乡间初春

残雪尽，柳芽黄，岸边梅散芳。碧水影楼长，群鸥正远翔。
曦初照，勤人到，耕稼竞时光。农野姁翁忙，子孙游远方。

占春芳·应春

残雪了，青蛙唱，岸柳泛鹅黄。碧水鱼游凫戏，白云岭翠鹰翔。
沃野沐朝阳。抢春时、耕稼情长。唯期风雨常和顺，秋满粳粮。

昭君怨·春雷后

序至雷邀蛙唱，雨润春芽情放。杏李竞花鲜，鸟声欢。
不待杜鹃呼唤，晴雾田间犹恋。姁叟映朝晖，戴星归。

一落索·春暮

新荷吐翠樱鲜灿，柳绿垂岸。逐波凫戏鹭翻飞，细雨里、双飞燕。
春暮英凋休叹。实营情恋。古来秋月接春花，规律续、行无限。

风入松·清明时节

雷鸣蛙醒闹春宵，雨润新苗。菜花吐蕊樱争艳，水清清、白鹭翱翔。欢舞勤蜂恋蕊，翻飞紫燕营巢。　　踏春观景友朋邀，线引鸢飘。墓烟弥漫思先祖，念悠悠、美德昭昭。平野清风心畅，翠峰健步登高。

一丛花·辛丑春早寄怀

丑牛初到尽东风，晨晓媚霜蒙。常时料峭今犹暖，柳枝翠、岸现花红。凫荡清波，莺争早树，新草渐芽秾。　　卉开本应悦心中。思绪却忡忡。反常节序缘何在？屡污染、莫怪天公。应顺自然，遵规守律，方可续秋冬。

破阵子·清明时节

归燕衔泥梁上，梨花盛绽清明。鸥逐鱼翔涟滟戏，结对鸳鸯正送情，蝶蜂恋日升。　　老叟田间忙种，孩童远放风筝。拼搏韶华离故里，沃野丰收需俊英。何时能稼耕？

惜分飞·春暮

听罢起雷蛙劲鼓。梁檐上、呢喃安住，艳蕊随春去。柳绵又散蒙蒙雾。　　静观流水萦思绪。蝶梦里、巫山云雨，欲赏烟霞布。试求觅得凌波处。

粉蝶儿·梅妆传情

雪霁风清，傲骨梅花初绽。映霞光、蕊妍争现。送馨香，斗绚丽，影疏幽苑。酿春情，催柳吐芽葱岸。　　凌寒竞俏，倩女悦谁妆扮？拍娇容、玉山游遍。电波传，输雅景，邀郎追恋。化蝶飞，舞回艳葩犹盼。

离亭宴·暮春寄怀

暮春霜已断。阡陌翠、阳光灿烂。波荡鸣蛙情缱绻。喜雨润、馥风吹遍。沃野稼耕勤叟，梁上筑巢归燕。　　花落飞飘径满。竟惹得、离人慨叹。分别时逢杨絮散。从此后、乡关意远。触绪万般期待，果硕枫霜回返。

长相思·壬寅春愁

晴亦愁，雨亦愁。时疫春来何日休，封城难下楼。　　水东流，杜鹃忧。未抢新晴耕沃畴。焉能获稔收？

浣溪沙·春暮感怀

花绽散馨风煦煦，蜂欢蝶舞传娇语。红瘦一宵春已暮。

韶华得意难留住，白首悠然何后顾，朗月斜阳无限趣。

浣溪沙·春夜

夜雨潇潇润陌头，春风渐渐送层楼，凭栏举盏绪难收。

曾记桃花人面映，亦思月桂水中留，一宵幽梦荡兰舟。

好事近·夜听春雨

深夜雨敲窗，梦醒久萦冬别。无奈他乡孤旅，酿忧人心结。

总思耕稼应东风，梨花绽如雪。何日子随妻伴，赏故园明月。

天净沙·山乡春晨

临溪送馥鲜花，啭莺邀起云霞，滴翠连天麦稼。　　玉声飘洒，俏村姑采新茶。

虞美人·壬寅春暮

枝营青杏群蛙闹，紫燕房檐绕。和风细雨几多情，布谷经天清啭、唤耘耕。　　奈何疠疫城乡漫，动态清零战。隔离封得壮心筹，意欲鲜花不谢、把春留。

画堂春·春思

东风融雪涨春池，雨葱岸柳繁枝。蝶欢蜂舞百花怡。归燕衔泥。
神伴飞鸿北去，心随烟絮飞离。忆曾约定屡延期，倦写情思。

金盏子令·早春游

冰消雪化，蜡梅枝上绽金黄。流莺百啭，柳芽方吐翠，微着轻霜。
兰舟慢棹，波逐鸥起，碧水丹光。赏瑞春，怡神纵意，韵寄斜阳。

柳梢青·暮春游

春暮无寒，青苗带露，碧水衔天。布谷声声，蛙鸣阵阵，芬馥盈园。扁舟慢棹流连。杨柳岸、云情拨弦。知己新茶，交情老友，寄韵诗篇。

点绛唇·谷雨时节

已断寒霜，农人稼穑鸣蛙伴。桑鸠清啭，遍野青苗满。
柳径春深，行到蓝桥畔，神游远，情随朝晚。春色乡翁恋。

玉楼春·赏春感怀

山上葱林莺语唤，山下烟波春拍岸。绿杨芳草总萌新，蝶舞蜂欢花灿烂。　　渐觉心神怜日晚，虽惜丰颜银发变。昔曾兴致喜芳尊，今对芳尊情不恋。

杏花天·春花时节

夜雨声声甘露布。晓霁后、梅花盈树，杏英方落桃红富，争艳尽遵时序。　　应春日、田园关顾。抢时令、不分昼暮，农人耕种时不误。畴苒嫩苗盈趣。

庆春时·春来人返

瘦枝凌雪，传馨盈艳，情唤春时。风和日丽，芽萌柳翠，无奈故园离。　　他乡虽美，游子难遇花期。银屏面对，离愁别绪，言短互心知。

探春令 · 春分时节

雨丰雷起，昼宵重等，季分春半。翠柳舞、绦约双飞燕。碧水荡、蛙鸣唤。　　循时耕稼农人愿。总言时光短。绣沃畴、争得三春苗满。续洒丰收汗。

青玉案·立春

红梅催雪融溪水。润沃野、如油贵。旭满澄湖鱼对对。随风杨柳，知时桃李，欣汲温光翠。　　农家循律田畴会。指点江山种肥备。犹盼霜禾逢雨蔚。争时苗壮，春晖不废，苒苒迎开岁。

蝶恋花·春暮抒怀

梅傲雪冰春日报。布谷声声，蛙醒欢歌闹。蝶恋鲜花梁燕绕，英飘满径知多少？　莫叹飘零春去早。且看榴红，尽赏金蝉叫。踏遍青山长顾眺，田园吐绿营新俏。

留春令·春暮遣怀

谢花营果，感时田翠，柳烟飞絮。紫燕衔泥筑新巢，未曾想、留春住。　叟赏榴红莲沐雨。菊妍连秋暮。心若无忧自春长，总能酿、盈盈趣。

偷声木兰花·三月梨园掠影

东风吹落梨园雪，遍野馨飘循令节。油菜花黄，采蜜蜂欢蝶舞忙。鲜光拍罢银屏炫。授粉村姑身影倩。抢得春期，酝酿金秋硕果枝。

夏润禾葱

立夏

无花有果留，风暖雨常酬。

鹃唤人耕稼，衣衫汗不休。

立夏一隅

樱甜青杏涩，楝紫映榴红。

鸟伴群蛙唱，鸢筝逗戏童。

初夏闲吟（新韵）

榴红身左右，蛙唱耳西东。

除却烦忧事，心闲气自清。

水边掠影

澄河上远天，岸柳绿无边。

鸥鹭葱洲起，亭旁叟抚弦。

晨霁

夜雨透窗纱，邀蝉约唱蛙。

翁听歌起处，青翠接天涯。

夏日溪畔

翠树蔽斜阳，荷风淡淡香。

闲翁棋子落，笑起水亭旁。

夏日山行（新韵）

雨霁寻幽境，林深透曙霞。

采蘑蝉引路，曲径上云崖。

夏晚村边

向晚坐闲亭，长溪映月明。

时常流汗处，蛙乐酿诗情。

夏晨雨霁

云开映秀荷，沃野泛葱波。

总爱耕耘处，群蛙对我歌。

游湖

绿洲鸥鹭起，水镜映蓝天。

舟荡荷塘里，红妆媲白莲。

久旱夜雨

细雨润禾苗，闻声至旦朝。

望天多月盼，愁解在今宵。

乡晨

莺啭初升日，池开露洁花。

蛙方葱野唤，叟已理桑麻。

晨霁村边

雨落起鸣蛙，消尘洗碧纱。

村翁田野赏，虫唱紫薇花。

雨霁荷塘

叶动滚琼珠，莲摇舞画图。

蛙歌光影碎，步入霁朝愉。

锄禾暮归

远望蛙鸣处，畴光映翠田。

归程风送爽，幽径鸟声连。

夏日掠影

高树蝉鸣远，清溪映碧空。

洲边鸥鹭起，竹畔几渔翁。

夏景

高树护鸣蝉，澄河映玉莲。

亭中棋子落，几叟钓悠然。

夏夜溪边

一

柳岸蝉声起，盈溪月一轮。

倚栏天际望，欲伴素娥巡。

二

荷叶过清风，吹榴竞艳红。

笛悠迎晓日，蛙乐起西东。

采莲

红日照荷田，郎陪妹采莲。

歌随波荡漾，笑语满篷船。

雨后田间行

雨霁送馨风，葱禾映碧空。
鸣蛙田野唤，稼穑见村翁。

雨霁观荷（新韵）

澄溪送惠风，翠叶立蜻蜓。
凝目真珠滚，妍花映嫩晴。

锄草

旷野荡葱波，田蛙总唱歌。
乡翁挥汗处，草净壮新禾。

夏夜

蛙蝉鼓乐扬，湖镜闪星光。
恬淡心无扰，荷风酿湛凉。

观鸟洗澡

一邀群荐至，齐啭水清幽。

尽沐初阳浴，韶春韵自流。

荷池流韵

翠叶舞澄塘，红莲正斗芳。

莫言池水浅，蛙乐总飞扬。

夏晨河边

澄河染曙霞，曲径绕榴花。

鸥唤长波外，和言渚上蛙。

雨霁

夜雨洗周天，曦升鸟乐连。

抹峰云写意，稼水结情缘。

立夏时节

紫楝馨飘榴蕊红，荷钱出水絮飞蒙。

杜鹃声里农人稼，期雨滋田酿爽风。

初夏即事

绿阴幽草胜花时，金麦波扬杏压枝。

荷露新尖蛙乐远，榴红情续满园怡。

初夏荷塘

燕翦垂绦两岸幽，树阴照水爱晴柔。

新荷才展圆圆叶，早有青蛙荡绿舟。

初夏夜梦

拂夏风传紫楝香，蝉鸣碧树送清凉。

映窗明月萦幽梦，梦至巫山云雨旁。

小满

沐雪经风麦渐黄，此时更要水和光。

头沉尤盼腰杆硬，挺立方能灌满浆。

壬寅芒种

子规声里稼耕忙，蒜满庭园麦满仓。

虽晓价低收入减，仍迎烈日快栽秧。

壬寅忙种观野营

山坡人乐炙牛羊，田野丰收遍地忙。

各待心怡何所怨？城村有别各芬芳。

壬寅夏至

昼极光强乃自然，晨临酷热地生烟。

犹期遍野甘霖降，快送清凉润旱田。

仲夏湖边望月

湖天月映一林幽，何处渔歌送水流？
方与清风相酌罢，期同野老棹扁舟。

大暑田野

炎炎烈日妪翁忙，锄草匀苗虫病防。
今在田间浇汗水，秋闻稻菽荡波香。

庚子大暑暴雨淹城感怀

是谁捅漏落银河？泽国倾城荡浊波。
莫怨天公不履道，且观市政弊端多。

夏晨雨霁

欣听夜雨透窗纱，润稼邀蝉约唱蛙。
歌唤曦升乡叟赏，油油波荡接天涯。

夏日竹径

炎光些入径幽深，翠竹屏遮暑气侵。

觅爽群猴朝外看，农人稼穑汗淋淋。

夏夜掠影

谁伴霓虹展舞神？笛声飞荡满河滨。

抢修却见电弧闪，听语知为远路人。

水乡夏夜

柳风满岸月盈塘，竹露晶莹菡萏香。

孙问青蛙何处闹，爷言村外稻田旁。

夏夜溪边

衔月游云闪半轮，竹林风过送清新。

溪边闲绪凌波去，谁是瑶台蝶梦人？

夏夜梦萦

竹露荷花香淡淡，柳塘明月水清清。
鸣蝉亦晓吾心事，彻夜邀欢蝶梦萦。

夏晨河边

悠扬笛奏映山红，靓妪凝神拍白翁。
欣趁风凉晨露钓，花妍健步赏西东。

荷花初开

蜓立尖尖翠满塘，蛙声一片送清香。
惊观花绽红妍远，无奈难闻近处芳。

夏晨抒怀

东君斜照映青苔，坪上黄英带露开。
昨夜馨风萦夏梦，巫云沧海入帘来。

夏河一隅

碧水新荷阵阵蛙，群凫白鹭戏汀沙。

炊烟袅袅青山外，云朵悠悠映夕霞。

夏晨观荷

传馨吐艳任天真，琼露珠圆韵夏晨。

吾欲赠君浓郁戴，犹期菡萏育纯仁。

夏夜听雨

一

院竹声声夜雨传，荷风送郁枕馨眠。

难逢暑日清凉降，诗韵神游慕七贤。

二

窗传滴沥夜难休，夏雨声声起百忧。

唯恐淹城冲沃野，祈龙挽水阻横流。

乡村日暮

一道斜阳水映红，馨飘两岸送荷风。

渔翁钓亮东山月，妪做餐香唤戏童。

观枇杷新叶（新韵）

果稔新芽入夏来，绿丛难显酿情怀。

寒来老叶随风去，他养冬花傲雪开。

庚子夏观长江汛情感怀

随观江水涨不休，阴雨连绵令众忧。

欲唤神龙飞舞去，乌云遏抑阻横流。

夏晨云龙湖掠影（新韵）

两湖水碧三山翠，朵朵白云映彩霞。

鸥鹭翻飞杨柳岸，谁陪靓女赏荷花？

麦收（新韵）

经霜沐雪扮乡园，爱恋温光沃土牵。
金穗欣含丰满粒，挥镰汗落苦中甜。

夏晨观荷

曦升霞透泛崇光，翠伞遮风散淡香。
蜂恋花开欢舞处，流连帅弟拍红妆。

夏晨雨霁

甘霖夜降洗尘埃，晨霁蛙声悦耳来。
水满荷池花竞艳，馨风阵阵韵徘徊。

夏晨雨霁赏月（新韵）

平明雨霁月芽尖，高挂苍穹似小船。
吾欲乘风飞棹去，琼楼玉宇惠音传。

乡间日暮

躬腰驼背鬓霜花，妪叟田间正种瓜。
理应闲云流水赏，为何影总映残霞？

立夏

紫楝红榴续夏情，尖尖荷叶傍蛙声。
观蜂再觅花开处，赏实枝头享旭明。

夏晚河畔

蛙声阵阵话清凉，满岸蔷薇染水香。
谁恋晚来风软软，花枝悄傍钓鱼郎。

夏日闲吟

不怕红荷笑白头，新蝉乐唱我登游。
月明长在澄湖映，花自重开水总流。

初夏

飞絮碧溪蒙，榴花似火红。

楝英随律序，麦穗映时空。

鹃唤葱林里，牛耕沃野中。

田苗临烈日，期雨送和风。

初夏回乡

车行映晓光，一路麦趋黄。

翠岸红榴绽，澄溪白鹭翔。

犬声迎舍外，蛙乐唱荷旁。

发小桑麻话，重温别梦长。

芒种新晴

芒种恰新晴，苍天助稼耕。

举家金麦运，整日沃垄行。

催得芽先发，传来鸟悦鸣。

农人迎朗旭，汗润黍禾荣。

大暑

酷热洒炎光，禾苗竞健强。

蝉频歌碧树，蛙屡唱澄塘。

稼穑村翁苦，阴晴野老忙。

夏多流汗水，秋盼谷盈仓。

夏晨雨霁

雨霁净尘埃，风清拂艳来。

榴花迎日笑，枸那竞妍开。

紫燕衔虫趣，鸣蛙戏荷台。

香凝盈两袖，舞乐韵徘徊。

注：枸那为夹竹桃别称。

雨霁晓行

夜雨洗林田，曦升叶露悬。

长风清浪荡，翠岭白云连。

朵朵开榴蕊，悠悠钓荻边。

听蛙歌碧水，心静赏荷妍。

夏夜临荷风

烈日渐西落，荷风送湛凉。

蝉鸣传柳岸，蛙乐荡畦旁。

炎照犹期荫，繁秾倍恋光。

能循冬夏律，寄韵四时长。

夏夜思

一

蛙鸣唱馥田，萤火绕林边。

半夜馨风醉，盈窗玉月圆。

凭栏凝远目，寄语写华笺。

神幻潇湘去，巫山热泪涟。

二

荷风送淡香，竹露映灯光。

明月清溪照，欢歌悦耳扬。

桥头曾折柳，梦里总盈舫。

谁与和琴瑟，知音在远方。

夏夜无眠

无月望星明，难眠起五更。

闻馨寻菡萏，听唱觅蛙声。

诗韵千山去，云霞万里征。

知音何处有，晨露润新英。

夏晨偶得

旭霁逛河滨，园林耳目新。

榴花开曲径，夜雨洗清尘。

鸟啭金蝉唱，鱼欢碧水粼。

静观荷露角，觅句话氤氲。

夏晨觅趣（新韵）

榴艳映朝阳，轻纱罩郁苍。

蝉鸣歌柳翠，蛙鼓颂荷香。

健步七八里，吟诗一两行。

神寻今古趣，凝目有麻桑。

幽居

青山秀画屏，绿水映苍溟。

彩蝶流连舞，黄莺自在停。

田园常得意，日月总安宁。

采菊追元亮，吟诗子美聆。

夏夜（新韵）

暑夜意无眠，巡溪步自闲。

野蛙歌月朗，碧水映荷繁。

仰望襟怀畅，低吟气韵连。

情思千里外，音画瞬时传。

夏日乡景（新韵）

目望绿连连，风吹稻浪翻。

蛙声时阵阵，荷叶已田田。

犬恋凉阴处，莺鸣密树间。

耕耘炎日下，妪叟总无闲。

夏雨初霁

悦耳满池蛙，田荷正绽花。

金蝉鸣爽气，碧野罩轻纱。

虹降东方彩，云披万里霞。

风歌愉钓叟，雨韵寄千家。

夏游微山湖

荷开七月妍，靓妹荡游船。

蛙鼓清风处，云流碧水边。

逐波鱼自得，育稚鹭留连。

野味湖鲜品，归来屡梦牵。

炎夏

蛙鼓荷池隐，蝉鸣碧叶蒙。

温催千岭茂，雨润满园丰。

洒汗滋瓜果，挥锄灭草虫。

耕耘希望寄，沃野恋乡翁。

夏日

列光经日照，旷野似蒸笼。

犬卧凉阴处，蝉鸣密叶中。

耘田常灼足，流汗屡弯躬。

手结千层茧，心期五谷丰。

雨霁游湖

叶露映晨光，荷风淡淡香。

桥边鱼对对，柳带燕双双。

划桨游人乐，抛竿钓叟忙。

诗情何所寄，碧水染斜阳。

夏夜寻幽

流萤闪瑞光，弯月饰澄塘。

竹露盈盈趣，荷风淡淡香。

金蝉歌自在，白叟韵飞扬。

乡野寻幽处，心怡酿湛凉。

夏雨后

黑云牵雨后，一夜蔓爬墙。

蛙鼓传葱野，莲开散丽芳。

宵蝉方羽化，晨树便歌狂。

物竞知天择，随时应旭光。

夏夜听雨

经宵雨不休，有梦梦何求。

喜解葱田旱，祈无洪水愁。

明朝曦冉冉，霁野韵幽幽。

待到西风起，谷香飘九州。

夏晨游拍

竹露叶垂悬，荷风荡翠边。

蝉歌争早树，蛙乐竞葱田。

数尾游鳞戏，盈枝楝蕊妍。

云桥溪水拍，情寄韵连连。

小满时节

布谷声声催稼穑，群蛙欢唱麦波黄。

树芽已染三篙翠，榴蕊才输一缕香。

苒苒新荷悬玉露，娟娟紫楝沐朝阳。

总观妪叟常耕种，犹盼韶华沃土忙。

庚子麦收后降暴雨

喜麦归仓心竟悬，唯愁久旱地生烟。

天公恩赐琼浆润，沃野悠然湿壤连。

虽致城间成泽国，却滋秋作酿葱田。

市区滞水重谋划，吾悦青苗兆瑞年。

夏意

翠叶婆娑满目连，闲庭信步赏榴妍。

斜阳远照青山外，垂柳轻摇绿水边。

乐钓清波尊野老，不辞娱酒慕诗仙。

尔今看淡嚣尘事，邀友云游戏暮年。

夏日乡趣

辞却喧嚣回故里，宽闲信步觅清深。

阴阴碧树凉风起，滟滟澄池白鹭临。

庭院蔬鲜盈妙趣，田畴蛙鼓送佳音。

朝云暮雨流诗意，醉赏斜阳韵写心。

辛丑夏日

炎炎烈日令心焦，闻染新冠又火烧。

众志成城营固垒，中西结合出奇招。

神州随把时瘟控，喜雨尤将夏暑消。

白叟重回田野里，愉挥茧手绣禾苗。

雨霁观荷

雨洗新荷绽玉花，劲擎翠伞护鱼蛙。

蕾尖蜓吻蒙轻雾，蕊座珠含映彩霞。

莲子苦芯除疾妙，藕丝洁体供餐佳。

流连清霁鲜凉境，叶碧英妍没际涯。

玉蝴蝶·夏日神游

蛙鸣荷碧池幽，葱岸柳绦柔。夏日热风流，离人盼爽秋。

千金君易得，真笃实难酬。观月幻飞鸥，九天神畅游。

浣溪沙·夏韵

漠漠水田飞白鸥，田田荷叶傍兰舟。淡烟溪水小桥幽。

自在乡翁临草野，无边明月照春秋。夕阳尤恋韵无休。

忆王孙·夏夜

应风月季送芬芳，过雨荷花满院香。 静赏蝉鸣酿湛凉。望星光，

云雨巫山蝶梦长。

采桑子·夏日情怀

春芳过后榴英绽，蝶舞花丛，荷孕莲蓬，双燕翻飞柳带中。

耕耘何惧炎炎日，稼穑时功，沃土怜农，果硕金秋送惠风。

如梦令·荷塘寄韵

雨霁清溪翠伞,映日芙蓉争绽,蛙乐幽丛传。密柳枝头莺啭。仙苑,仙苑,人伫桥头西畔。 月映荷池影幻,风送声声弦管。平仄寄情盈,宋韵唐诗犹恋。心赞,心赞,别有九流堪羡。

渔歌子·夏日遣怀

竹风清,荷叶翠。榴红点点临葱桂。绿水游,鹭姿美。云染丹霞入水。 钓澄波,吟苑卉。桥头远望游人醉。情满怀,心犹慰。寄韵诗歌百瑞。

南乡一剪梅·夏夜湖边

明月映澄塘,叶露晶莹散荷香。柳岸群蝉歌碧树,风送新凉,水送新凉。 谁在伴红妆。蜜语柔情缱绻长。抢拍霜翁屏幕炫,心寄时光,诗寄时光。

雨中花令·山乡避暑

幽谷松风消暑，免得日晴蒸煮。蝉噪蛙鸣林欲静，鸟啭期淋雨。欲送涧流清澈去。　愿凉爽、稼翁身聚。月夜赏、品莲输馥郁，观竹悬琼露。

喝火令·观荷幽梦

日出悬沧海，荷开秀翠田，蝶飞蜂舞觅馨欢。琼露滚珠盈叶，蜓立酿情缘。　靓妹扁舟荡，情歌岸上传。鸟鸣幽曲韵心间。待到星来，待到夜深延，待到酌杯情畅，醉梦至巫山。

鹧鸪天·夜雨晨霁抒怀

院竹声声夜雨传，荷风送郁枕馨眠。今宵难得清凉降，他日行将晴朗还。　晨雨霁，鸟声连。趁凉葱岸赏青天。心邀太白倾杯敬，漫步神游慕七贤。

蝶恋花·立夏感怀

蝶恋鲜花梁燕闹，布谷声声，荷翠青蛙叫。红艳榴花迎夏报。光盈雨沛桑田好。　　幽梦一帘时日晓。花落花开，莫要心烦扰。虽恋春光春去了。悲秋难阻秋来到。

踏莎行·夏晨思绪

坪草珠垂，榴花蕊现。长河波逐群鸥恋。蜂欢蝶舞馥馨飘，愉穿柳带双飞燕。　　静赏荷开，长观云幻。痴翁不禁神疏展。瑶台欲去路迢迢，青山绿水传清盼。

浪淘沙令·夏夜

独坐纳凉亭，摇竹风轻。金蝉耳畔抖机灵。荷影婆娑香馥送，点点流萤。　　虽已过三更，离绪难平。繁星闪闪向君明。蚩曲代吾频浩唱，总忆欢声。

巫山一段云·夏日思绪

蛙鼓禾苗翠，蝉鸣悦耳言。荷塘花映湛蓝天。夕阳照巫山。
夜月一帘幽梦，青鸟佳音谁送？桥边折柳在三更，尤思别离情。

菩萨蛮·初夏

蔷薇一架香盈院，黄莺绿树声声啭。新荷露尖葱，榴花映翠红。
早英滋雨露，安育实丰布。苗稼待耕耘，犹思远别人。

阮郎归·初夏远思

枝头桃小柳飞绵，榴花绽翠间。沙洲鸥鹭舞翩跹。白云绕远山。
春归惜，早花残，离人梦总连。绿裙常在忆君颜，望乡独倚阑。

武陵春·见老农夏收夏种

情注田间波荡漾，起获麦丰收。种罢禾苗翠叶稠，日下蕴金秋。
从古农家耕沃野，稼穑总无休。切盼儿孙故土留，织锦绣、满园幽。

青玉案·夏日游石楼村

夏晨新霁山乡处，石部落，邀行旅。石道盘旋临碧树。磨盘载古、牛槽刻古，农具传风雨。　　世间演绎沧桑路。赏今昔、游时序。僻境送凉犹叹慕。先人留趣，今人觅趣。览胜神忻舞。

雨中花令·久旱夜雨

雨霁平明莺百啭。唱尘净、夜消久旱。望阡陌青葱，河湖流韵，出浴莲争灿。　　得润田禾情映现。酿稔泰、吾心犹愿。待旭日持临，和风输爽，果馥盈村畔。

赞成功·夏游微山湖

夜飘细雨，趁霁晨游。微山湖上荡扁舟。渚飞霜鹭，波逐群鸥。荷花竞艳，水映云流。　　妹采莲嫩，郎戏船头。兴情方起唤餐酬。味邀馋欲，盏满无休。晚歌未尽，醉梦回眸。

踏莎行·山乡夏日

水碧荷妍，榴红竹翠。鸣蝉晴霁歌葱桂。溪边田野送蛙声，桥头双燕丝绦戏。　　画阁兰舟，天男靓妹。流萤闪闪游人醉。僻乡民俗送凉风，杯邀明月呈丰味。

锦帐春·初夏抒怀

细雨辞春，惠风迎夏。遍野望、萋萋禾稼。赏红榴，观紫楝，又溪清荷翠，渐黄枇杷。　　播种农人，汗常挥洒。总润得、田园胜画。问游人，谁会画？想合营美景，眷留乡下。

瑞鹧鸪·初夏游园遣怀

榴开红入小池塘，嫩荷出水着新妆。风吹涟漪，影乱千层翠，盈耳蛙声度曲廊。　　岸亭静坐萦诗绪，人生能写几行？忆曾寄韵春秋，今自凭阑望、尽苍苍，虽鬓斑心有朝阳。

秋果飘香

入秋

暑气换和风，田禾酝酿中。

蚕鸣新雨后，果馥接归鸿。

处暑逢雨

风驱酷暑消，禾润荡波遥。

心盼秋光满，霜迟彩菊娇。

秋

一

枫叶露凝霜，归心雁字长。

经宵萦桂馥，远梦至家乡。

二

家枫叶正红，村水润西东。

彩菊鸣蚕伴，金波荡梦中。

72

秋梦

秋望月中花，馨飘至我家。
神舟玉兔坐，一梦到天涯。

秋夜闲吟

孤灯临白发，残月下阳台。
芳草随霜尽，声声雁阵来。

秋月夜

秋枫一树霜，明月满池塘。
梦在千山外，心安返故乡。

秋赏石门坊红叶

移步皆红叶，回眸即白云。
写生培训地，寄韵慕方闻。

秋夜（新韵）

枫林尽染霜，绪伴雁飞翔。

梦醒鸡鸣后，离思满月窗。

恋秋

曾恋春光好，秋来亦变痴。

枫霜染过叶，逐片欲题诗。

秋景

枫叶今尤俏，何传促织声？

红榴开口笑，白叟赏寒英。

望秋感怀

露白高天意，归根落叶情。

飞鸿辞北国，春至万山荣。

神伴雁南行

明月缘无价，馨风似有情。

锦书何处寄，心伴雁南行。

荷田日暮（新韵）

月影幻荷田，蛙声悦耳连。

磷虾萤火绕，翁示妪轻宣。

秋情

桂菊竞娇妍，枫林染赤天。

凌云南雁去，极目曳萦牵。

赏秋溪

鱼欢逆水游，浮蕊顺波流。

上下皆存道，溪漂一叶秋。

秋思（新韵）

鸿雁已南巡，他乡望月人。

今虽芳草去，犹记绿罗裙。

留守妇秋思

篱畔菊金黄，陪儿赏月光。

何时桑梓富，郎伴梦甜香。

登秋山

径攀云绕处，目送雁南航。

回首枫林艳，溪风溢桂香。

秋晨

金菊悬朝露，鸣蛩唱馥风。

彩云邀雁阵，篱畔白头翁。

秋夜寻幽

带露菊花开，鸣蛩唤月来。

不知何处桂，满岸馥徘徊。

深秋夜幕

寒风斗晚英，月朗竹溪清。

何处渔歌起，凌空雁阵鸣。

寒露晨霁

夜雨洒清秋，平明沃野幽。

精耕持旱地，得润嫩苗酬。

秋夜信步

静踏秋宵月，闲闻菊桂香。

东坡诗圣约，举盏诉衷肠。

立秋时节

蝉歌蛙唱稻花香，竟日田间稼穑忙。

待到排云归雁过，金波一路映霞光。

初秋

蛩歌翠草渐风凉，田映丹霞稻蕊香。

碧野西连天际处，一群白鹭入斜阳。

初秋幽梦

秋尚风炎白日曛，东篱把盏菊飘芬。

透帘明月萦幽梦，魂逐巫山雨和云。

壬寅处暑时节

处暑虽临溽未休，高温凌逼草焦头。

是谁惹得上苍怒？主令云龙远地游。

白露时节

栾花满树绽金黄，桂散馨风叶露凉。
秋色溢园关不住，蛩歌果馥竞时光。

秋分

日半光阴季半秋，霜林渐染谷丰收。
农人欣约归鸿瞰，一路欢歌万里幽。

寒露

金风玉露霜林秀，菊艳蛩鸣桂斗芳。
娴静随能留雅影，悲秋何有韵飞扬。

寒露时节

风清露重絮云飘，篱畔黄花独自娇。
绿叶凌寒情不尽，遍盈果馥始零凋。

寒露夜雨

潇潇夜雨滴声悠，菊得甘滋沃土留。
今解心中经月旱，欣随归雁赏金秋。

辛丑霜降

枫林霜染菊披纱，苒苒生机麦出芽。
妪叟耕耘田野里，衣衫湿透送余霞。

霜降时节

翠减红消遍地霜，鸟争暖树蛰虫藏。
昔为萧瑟休闲季，今在温棚稼穑忙。

深秋感怀

一

未感秋深雨露凉，滋蝉绿叶渐枯黄。
终年稼穑无闲趣，今照澄溪鬓已霜。

二

繁华事散逐香尘，秋暮霜翁更恋春。

天上星星难数尽，大江东去月恒循。

秋日湖边

枫映澄河落夕晖，白云绕岛鹭鸥飞。

天男抓拍舟停处，靓妹屏间伴紫薇。

湖边拍秋

东临碧水漂香桂，西映寒枫叶染林。

翁趁斜辉留妪照，屏中拍出半湖金。

秋思

月映东塘日夕斜，同辉福兆自天涯。

离人敲键云波送，屏赏娇妍洒泪花。

打工郎秋思

金桂序时香左右，霜枫应季韵徘徊。

遥知篱畔君观月，非是悠闲赏菊开。

望秋河

芦花白发入清河，望影从然石击波。

不怨萧萧枯叶下，只缘乡叟寄情多。

望秋感怀

春风化雨花争艳，秋露凝情果送香。

草木荣枯天地应，何须悲叹自忧伤。

望秋月

未出东山千里暗，才升树杪万村明。

冰轮撩我思乡绪，神酿桑田沃土情。

恋秋

霜染枫林亦染头，蛩邀明月水中游。

心闲才感韶华逝，韵寄斜阳恋晚秋。

游子望秋晨

金桂寒英斗丽芳，蓝天红日露为霜。

凌云雁阵千山过，声唤游人返故乡。

新凉晚归

稻穗低垂映晚晖，黄莺穿树对歌飞。

农人醉恋新凉好，赏果闻馨带笑归。

秋凉晚步

秋来翠减果盈枝，日朗轻寒菊艳时。

稻菽扬波千里远，频传微信待佳期。

望秋

平明白露扮枫霜，金桂飘馨彩菊芳。

游子新观南去雁，尤思结伴返家乡。

观秋随感

鲜花总伴少年郎，叟醉枫林叶染霜。

虽是春晖皆眷恋，人间千古有秋光。

秋夜思

明月初生夜露寒，蛩声相伴望苍天。

频传微信他乡送，只待离人桑梓还。

月夜

月色更深落绿纱，窗前星斗已西斜。

今宵随感秋风至，翁赏蛩声恋菊花。

雁归

年年往复越千川，日日滨河恋翠田。

万里征程何所致？他乡故土有姻缘。

秋晨赏山

叶含晨露岭蒙纱，雾破曦升万丈霞。

远望枫林披彩处，炊烟袅袅是谁家？

秋雨情

轻声细雨洗山乡，菊艳蛩鸣桂蕊黄。

风荡金波千里远，情邀北雁赏枫霜。

秋晨闲吟

年年小径落金黄，赏景今晨韵振扬。

昨日众捐三百万，慈行善举慰心房。

秋夜

春梦秋云常聚散，半窗斜月欲西沉。

鸡鸣唤醒方眠叟，趁露珠悬桂馥寻。

秋情

风邀夜露染霜枫，归雁欣观菊竞红。

沃野适逢丝雨润，鸣蛩劲唱稼苗葱。

恋秋

农家从畏稼艰辛，犹盼飘香谷并臻。

何怨诗中萧瑟寄，缘君不是恋秋人。

田园路上

早沐清风晚沐霞，一程碧水一程花。

心随飞燕凌云去，步落乡途赏稻麻。

秋日

秋来草毯盖吟虫，鸟啭丛林颂菊风。
绿退红残循节序，翁观枫叶送飞鸿。

秋趣

一

桂馨菊艳众蛩鸣，落叶无言雁几声。
幽梦如霜秋夜染，一山果馥一山情。

二

金波荡漾唤蛩鸣，果硕香飘谷廪盈。
梦伴西风寒夜到，千山万水雁南征。

雁南飞

大江南北尽蛩鸣，一道金黄一道英。
雁越衡阳回首瞰，山流霜韵菊含情。

秋晨岸边

草悬晨露护蚤鸣，岸绽葱莲六瓣琼。

面水渔翁闲逸坐，钓来香馥满河清。

注：葱莲开白花，六瓣黄蕊。

秋雨润谷香

一场秋雨一场凉，寸草争时结籽忙。

妪叟耕耘汗水洒，稻田波荡映霞光。

秋怀

细雨今书沃野诗，寒霜染叶岭枫怡。

西风虽是吹萧瑟，传信生灵应雪期。

深秋寄怀

秋虫应序息时鸣，雁阵凌云一字行。

花退余香人独立，枫霜正染夕阳情。

秋分（新韵）

昼夜复平分，凉风玉露沉。

枫妍霜染岭，果馥叶寻根。

春夏秋冬续，星辰日月轮。

菊迎南雁去，叟仁赏彤云。

秋雨后

细雨洒新凉，琼滋菊竞芳。

鸣蛩邀伴侣，峻岭染枫霜。

旭霁游云幻，天高旅雁翔。

风吹馨送远，谷浪荡金黄。

秋思

秋上枫林叶，蛩鸣夜露悬。

菊香输院外，水澈绕村前。

缺月窗边照，离思梦里圆。

心波何处达，观雁拨清弦。

秋日寻幽

帘透桂花香，寻馨步苑旁。

鸣蛩邀友切，粉蝶觅英忙。

艳菊通幽径，兰亭映碧塘。

妪观鸥鹭起，白叟钓新凉。

秋日抒怀（新韵）

菊绽传馨远，霜枫叶染林。

时常淋暮雨，每日赏朝云。

目送飞鸿去，心期紫燕临。

金秋仓廪满，天道慰勤人。

秋望（新韵）

曦升凝目远，霜叶酿情归。

菊绽呈姿艳，鸿翔显阵威。

漂红幽韵寄，斜照幻云飞。

果馥乡翁乐，流连赏玉晖。

赏秋

晨露珠玑挂，园林果坠枝。

鸣蛩歌气爽，霜叶赛清奇。

守信黄花绽，知时阵雁离。

乾坤存律序，顺应莫秋悲。

秋日

明月窗前照，鸡鸣唱紫微。

晓随朝旭出，暮伴菊香归。

白发观枫染，青云送雁飞。

听蛩歌谷满，赏桂竞斜辉。

暮登秋山

独步峰峦上，斜阳续玉娇。

炊烟时冉冉，树叶渐萧萧。

桂馥随山满，泉声入涧遥。

乡翁何所寄？归雁路迢迢。

秋韵

鸡唱晨曦起，西风荡谷波。

霜林悬玉露，飞雁拂银河。

枫色流连染，蛩声远近歌。

迎冬仓廪满，乡叟寄情多。

秋风

应序湛凉连，馨飘意盎然。

逐波纹碧水，吹叶舞蓝天。

雁影流云映，蛩声槛竹传。

邀霜盈雅趣，约雪酿丰年。

季秋

霜枫染季秋，溪碧画屏幽。

归雁凌云过，寒蛩尽夜啾。

飞花萦别梦，丝雨酿乡愁。

何日桑麻种，村边赏水流。

登秋山

朔气凝晨露，彤云接远天。
菊花溪畔竞，雁阵岭头还。
幽径通孤寺，高崖落碧泉。
听钟神有韵，寻曲访枯禅。

秋韵

霜露染清秋，山川画面幽。
蓝天鸥有影，沃野谷垂头。
树挂盈盈果，溪澄款款流。
农家仓廪满，汗洒得还酬。

游秋湖

碧水映金秋，随波一叶舟。
白云丝竹绕，丹树画图收。
菊绽蜂相约，鳞欢韵自流。
妹观哥指处，霞影入群鸥。

初秋

虽然烈日亦当头，夜送和风好个秋。

榴果经霜红艳艳，莲蓬吐翠韵悠悠。

感时雏燕凌空练，应季新蛰入草啾。

稻菽葱波怡目远，尤期雨顺酿丰收。

初秋情

莲开朵朵扮澄塘，蝉噪葱林恋旭光。

涧水清流山雨歇，田蛙劲唱稻花香。

观湖倒影云飘趣，看镜含辉鬓染霜。

不叹平生无重彩，只临篱菊赏斜阳。

赏晚秋

金风游絮南飞雁，硕果盈园妪叟勤。

观水溪边淋暮雨，赏枫岭上幻朝云。

严霜摧叶春泥化，彩菊凌寒馥郁熏。

丰获缘由常稼穑，秋冬应序酿青雯。

94

秋获

亲雁腾云伴子翔，鸣蛰劲唱稻畴黄。
木犀吐艳传浓馥，篱菊含芳傲酷霜。
果硕枫红游客醉，机欢镰舞稼翁忙。
缘何宋玉悲秋色？叶落图惟酿韵长！

秋日雨霁登山思远

时逢秋日千家雨，山上幽亭一涧风。
啭鸟去来山色里，游人歌语水声中。
月圆月缺寻常道，花落花开气序同。
将相王侯谁可见？长江浪涌自流东！

秋眺

峰仁曦升凝目眺，丹枫竞艳赛寒威。
知秋鸿雁思南去，应序鸣蛰欲退归。
曲涧流红幽韵寄，斜阳情照幻云飞。
风飘果馥痴翁乐，心醉神迷赏玉晖。

秋韵

秋来彩菊韵飞扬，云淡风清洒旭光。

桂馥满湖湖湛湛，天蓝过雁雁行行。

月圆蛩唱和谐曲，枫染晨呈入夜霜。

田荡金波千里远，临期便见谷盈仓。

江边送别

小船满载尽离愁，棹远波遥百绪留。

一别足成今日恨，重逢频念几时休。

斜阳影里临江水，细雨声中看叶舟。

待共仙游春已老，期同观月怕霜秋。

赏秋

机器轰隆廪满粮，三春不抵一秋忙。

若无汗水滋苗绿，何有田畴散谷香。

赋咏尔歌枫叶俏，耕耘我恋稻畦黄。

花开花落情持续，乐绣家园岁月长。

踏莎行·立秋时节

蛙唱澄溪，蝉歌碧树。红莲绿伞蜂欢舞。巢中乳稚唤声声，穿梭对燕频频顾。　　物竞循时，秋来谢暑。农人稼穑争朝暮。田间汗润稻花香，犹期雁过粮盈库。

玉楼春·初秋景

暑消风爽秋光好。知序鸣蝉迎露晓。渚莲溪面送馨香，云树枝头飞俊鸟。　　临湖方觉青丝少，世事沧桑天亦老。排云归雁入斜阳，抢在影间留晚照。

玉蝴蝶·赏秋寄远

极目天高云淡，凭阑静赏，遍野秋光。虽是英消，却见岭染枫霜。水风清、芦花絮白，叶露洁、槛菊芬芳。意飞翔。友朋远去，烟海茫茫。

思量。簧门折柳，几更星月，已阅沧桑。地北天南，谁知何日见同窗。点微信、电波远寄，坐巨轮、波送归航，总相望。阵鸿声里，阅尽斜阳。

采桑子·初秋抒怀

暑消气爽风光好，荷举莲蓬。草护鸣蜇，田稻花开细雨中。

溪盈明月云桥上，桂畔霜翁。绪远情浓，往事流芳望宇穹。

渔歌子·深秋

彩菊初妍桂花芳，寒蜇欢唱谷金黄。　　翁垂钓，雁翱翔，游人望月念家乡。

乾荷叶·深秋

争妍菊，染霜枫。月桂馨香送。　　望飞鸿，傲长空，辛辞北国别寒蜇。引我离人梦。

西江月·暮秋情怀

玉洁珠悬晨露，山霜水秀风清。桂花传馥蝈争鸣。北雁早知秋暮。

东篱采菊陶然趣，南山摘果欢声。绿肥红瘦地常耕。乐道桑麻话语。

虞美人 · 晚秋

荷花消尽寒英俏，雁阵声声报。风吹叶落应时霜，遍野逐波稻菽、泛金光。　　虽知鬓白难重返，却悦精粮满。莫言萧瑟冷无情，桃李自春循律、酿新生。

虞美人·秋日叹

难眠帘外持相望，秋雨经宵降。心期风吹即时休，晓见红衰绿减、尽添忧。　　曾为蝶舞蜂欢景，今向哪边映？叹离华月鬓如霜，知是律循无奈、梦绵长。

秋夜月·赏秋思昔

风凉时节。谷香飘，甜果硕，鹭飞湖澈。槛菊芬芳悬露，响蛰无歇。游云幻，翔南雁，阵排人列。远望、满目叶红霜设。　　依栏观月，忆童年，丰获少，腹饥衣缺。恋夏欢春忧冷，怕迎冬雪。沧桑变，今日畅，朗襟迥阔。赏秋、神去九天蓬阙。

八声甘州·赏秋

看白云朵朵绕山尖，耸峰映曦升。见枫林赤染，金波荡漾，槛菊花荣。南去雁声阵阵，露草护蛩鸣。香桂飘溪岸，水碧流英。

日暮登高临远，望碧空明月，飞逝流星。恰金秋丰获，时序复禅更。叶落飘、惟营体健，草趋黄、芽蕴翌春萌。何须叹，循环有道，顺应和恒。

唐多令·游子望秋

英谢水流长。风吹玉露凉。雁凌云、意笃南航。枫染层林多彩现，篱菊艳、斗寒霜。　游子念家乡，凝神又郁快。自春来、总梦儿郎。唯待梅开临瑞雪，回故里、敬高堂。

玉楼春·秋恋

禾波荡远金秋好，蛩恋葱坪终日闹。桂飘香馥菊花妍，霜染枫林归雁到。　寒来莫叹红英少，果硕仓盈丰韵绕。邀君持酒劝斜阳，洒满岭川留晚照。

减字木兰花·秋游

鸣蛩唱晓，金桂飘香妍菊绕。鸿雁南归，霜染层林映夕晖。
兰亭思趣。神览朝云淋暮雨。青鸟传情，歌舞霓虹明月升。

忆少年·望秋抒怀

秋风吹柳，秋霜染岭，秋池映月。归鸿赏霜色，瞰山川辽阔。
荻絮飞飘吾欲遏。瑶台远、盼蓝桥歇。凌波玉宇去，棹扁舟一叶。

阮郎归·秋月夜

酷霜冷露挂窗边，影移透月天。清灯孤枕独凭栏，凝神久未眠。
鸿雁托，锦书传。心波寄远山。离人重见泪涓涓，鸟鸣蝶梦还。

苏幕遮·秋日寄远

桂飘香，园菊绚。叶染寒霜，霜色群山扮。鸟啭蛩鸣秋日恋。
晚稼含情,丰实金仓满。　　梦离人,呈画卷。电送心波,波荡凌霄远。
北斗星传消闷叹。一键联通，屏隔愁眉展。

行香子·秋日游园寄远

叶露晨凉，林染轻霜。耸楼游云映澄塘。公园几许，收尽秋光。有栾花妍，蛩鸣唱，菊飘香。　　亭观朗月，依栏思远，锦书鸿雁寄南方。流红赋韵，鹊筑桥梁。盼一世传情，一世同梦，一世天长。

人月圆·秋思

霜披木叶层林染，归雁劲南翔。离家万里，千山阻隔，夜梦尤长。相观泪眼，无言执手，久抱儿郎。期回故里，田园稼穑，同赏圆光。

清平乐·秋思

枫霜依旧，菊在篱边绣。蛩恋草坪寒风斗，归雁声声唤友。去岁重九登高，魂牵梦绕今宵。欲伴凌波桂影，无奈云路迢迢。

清商怨·秋思

寒蛩喧诉叶染径，渐露重风冷。伫望归鸿，愁思随驰骋。人去心怎安定。信未通、思念疏整。白鬓孤灯，难眠知夜永。

蝶恋花·秋思

田荡金波风雨细。露染枫霜，云絮流天际。菊艳蛩鸣晴旭里，排云雁阵归从意。　　久伫长观鸥鹭起。思绪萦萦，独自高楼倚。斑鬓望秋诗勉励，卒章赋韵犹存志。

秋夜月·赏秋

三秋明月，照林幽，莹晓露，序循圆缺。竞艳栾花初绽，径铺金屑。菊争秀，兰散馥，桂花香冽。最喜、稻穗实丰情结。　　鸳鸯倾悦，乐蛩鸣，听鸟唱，赏湖清澈。远望天高云淡，彩山霜叶。西风起，知时令，雁归心切。神游、无欲总能襟阔。

花上月令·秋思

溪临栾冠映金黄。菊花绽，馥芬扬。爽风吹满枫林叶，露凝霜。鸿雁过，向南行。　　游子注思禾浪远，观朗月，酿愁肠。盼来硕果盈桑梓，好时光。却犹叹，客他乡。

渔家傲·秋思

实鼓叶黄营时趣，鸭鹅戏水蟹虾聚。蛩恋青丛粮溢库，逢秋暮，果甜枝满萦萦绪。　　昔叹衡阳归雁住，今观振翅情南旅。借菊芬芳传心语，思梦富，琼霜俏扮巫山女。

浪淘沙令·望秋感怀

篱菊映苍天，重露凋莲。鸣蛩逐渐唱声残。遍地黄波枫叶赤，雁阵南还。　　回首意阑珊，两鬓斑斑。今观叶落忆华年。无奈西风萧瑟至，慨怅心间。

清江曲·秋雨绵绵

细雨绵绵落仲秋，寒来金菊蕊生愁。桂花馥郁难飘远，禾稼尤期照日头。　　心忧雁阵无栖地，家书亟待迢迢寄。待到朗旭酿谷黄，回到田园赏秋意。

撼庭秋·秋夜听雨

透窗声送宵雨，应冷风常度。桂香停滞，蛩鸣不再，惹来离绪。从春别柳，思君幽梦，笑容难去。盼随风飘至，相看执手，永无栖旅。

西江月·秋怀

霜染群山鸿瞰，稻香沃野蛩鸣。菊花竞艳露珠琼，栾果石榴相映。望月倚栏思远，秋波谁与恭承。锦书托雁寄心声，飞递朝云秀岭。

浣溪沙·送秋

新月盈盈渐上楼，蛩鸣经夜恋清秋。淡烟寒露染枫幽。自在归鸿寻远梦，无边离恨酿新愁。何时不再锁眉头。

朝中措·望秋

云收夏色雁南征，木叶动秋声。蛩乐频临鸟啭，赤枫色竞寒英。霜催谷稔，风吹叶落，往复枯荣。秋至何悲宋玉？春来雨润花萌。

渔家傲·秋日情怀

谷荡金波迎信鸟，霜枫叶与菊争俏。瓜果溢香湖岸绕。鸡鸭闹，田园机唱丰收调。　　白叟流连秋日妙。花开总感青春少。绿水青山情未了。且行早，人间岂会恒春晓。

少年游·秋怀

凌云雁阵去何方？枫叶已凌霜。蛩歌晚草，蝉鸣高柳，篱菊恋秋光。　　人生自古如愿少，苦短应情长。彰书尽丢，利名早弃，诗韵寄斜阳。

思远人·望秋

霜染丛林枫叶俏，归雁瞰千里。渐金波谷稔，霞山馨送，时果接天际。　　望秋切念乡溪水。梦远客舟起。伴父老世亲，北堂妻女，黄花尽人意。

冬雪滋梅

久旱初冬夜雨

细雨落三更，田传解旱声。

期风吹瑞雪，绒被酿冬情。

初冬乡里

霜山叶正红，鸡鸭唱年丰。

温室如春暖，翁忙菜郁葱。

孟冬溪畔

澄溪映赤枫，白荻笑霜翁。

吾舞初冬报，缘何与尔同。

辛丑冬至后初雪

冽冽寒风起，欣观逐雾尘。

天归时序道，雪扮腊梅新。

冬至不寒感怀（新韵）

冬至暖阳围，晨霾数日飞。

期风吹瑞雪，护麦映新梅。

冬日思乡

雪扮一枝春，风寒竹劲新。

乡愁明月寄，千里念家亲。

雪情

梨花落九天，情舞北风缘。

一统山川色，滋梅兆瑞年。

盼雪（新韵）

平明冷锁门，风冽至黄昏。

冬麦期飞雪，绒衾厚覆身。

冬拍天竺子

初冬挂果红，翠叶傍霜枫。

靓女银屏拍，他乡表素衷。

冬日感怀（新韵）

澄溪立败荷，芦絮舞婆娑。

身在寒风里，心逐谷日波。

雪日观蔬菜温室

北风吹万里，飞雪送寒波。

温室如春暖，人勤嫩菜多。

冬河掠影

芦花伴赤枫，碧水映西东。

鸥起忙抓拍，屏存几钓翁。

雪后庭园

寒风一夜来，萦梦韵徘徊。
晨赏庭园角，梅花雪上开。

雪后冬桂开

心怜众树凋，叶翠蕊含娇。
雪覆馨何散，情唯悦者邀。

冬韵

黄菊辞疏影，红梅接暗香。
凌寒邀雪趣，俊骨唤春光。

期雪（新韵）

田期衾厚覆，风待洗尘埃。
若少琼花扮，梅何韵满怀。

冬思

一夜雪花飞，千山着素辉。

梅开游子唤，春别未曾归。

冬至

循序金轮短，梅魂雪韵长。

风和春雨约，寄意酿群芳。

壬寅小寒无雪

冬来雪未飘，浓雾降连朝。

晨暮田间去，愁观旺长苗。

壬寅年初雪（新韵）

梅扮增诗意，禾蒙酿厚情。

虽迟仍有韵，切莫冽风恒。

立冬

北风渐入露珠凉，惹得枫林巧换妆。
落叶悠然归厚土，菊花斗艳傲严霜。

立冬夜雨

窗送沙沙夜雨声，立冬头水寄乡情。
唯期不要狂风起，温室安然菜满棚。

初冬

彩菊盈盈竞晚秋，霜枫艳艳染冬头。
明知风冽芳芬尽，偏要凌寒去进酬。

初冬河韵

竹映澄河接我家，群凫戏水傍芦花。
初冬霁色翁尤恋，钓起晨曦送晚霞。

初冬赏菊

不嫁春风沐北风，层林霜叶落西东。
群芳谁敢凌寒妒？自在篱边展艳丛。

初冬温室种菜

芦花枫叶舞连晴，温室新芽翠满棚。
忙趁风轻收朗日，手机遥控嫩蔬呈。

初冬湖边

澄湖潋滟送新凉，鸥鹭翻飞映旭光。
岸柳感知秋远去，拂风邀菊斗严霜。

壬寅小雪时节（新韵）

时逢小雪雨纷纷，旺长田禾似遇春。
节令无常焦虑酿，恐寒骤至嫩苗侵。

小雪

北风吹叶归根去，彩菊凌寒约雪来。
若得绒衾田野覆，村翁乐把韵流裁。

大雪

梨花一色满山裁，衾覆冬苗絮净埃。
景趣且观松竹叶，风摇翠显韵徘徊。

小寒夜听雨（新韵）

细雨声声落小寒，如春和煦夜无眠。
乾坤颠倒人烦躁，不舞梨花韵怎连。

辛丑大寒

节来日朗暖如春，颠倒乾坤急煞人。
犹怕温高苗不壮，亦愁霾雾罩平津。

辛丑冬至感怀

麦盼绒衾未覆身，时逢冬至冷何巡。

上苍不管人间事，吾恐连天雾锁晨。

辛丑大雪时节无雪

本应梨花护麦田，却逢气燥暖阳连。

干冬或酿尘霾起，亦许春来雪绕年。

岁杪瑞雪

齐心抗疫九州强，辞旧梨花送瑞祥。

风疾一宵尘土扫，千山万水换新妆。

岁杪骤降大雪

疾风吹雪逐尘埃，琼罩千山一色裁。

岁去虽驱寒酷至，绒衾今护绿苗来。

打工郎冬思

越夏经秋临雪降，孩儿总唤父回村。
视频虽可容颜赏，微信怎传吾梦魂。

雪夜梦乡

一缕春魂扮雪妆，两条曲径绕梅乡。
梦中常与孩童戏，笑脸新衣映旭阳。

雪霁山村

平明雪霁野茫茫，袅袅炊烟接旭阳。
翠竹曲溪环绕处，村翁静赏岭梅芳。

冬日河边夜景

长河碧水闪繁星，樟翠霓虹两岸明。
尤恋孟冬新霁暖，菊留余艳韵传情。

雪霁乡院

白雪红梅神笔绘，冰雕翠竹匠心呈。

寒冬更有迷人处，鸟食新粮绕院鸣。

冬日公园

一

青松翠竹斗严霜，傲雪仙姿送暗香。

三友与谁幽院扮？白翁巧拍妪梅妆。

二

杉着冬妆入画屏，残荷余意酿安宁。

夕阳彩幕方收起，唢呐邀来舞与星。

雪霁闲吟

雪霁无风日夕斜，冰清玉洁扮梅花。

闲庭信步思何事？欲饮卢仝七碗茶。

冬夜思

月满楼高夜未眠，长街积雪路灯延。

严冬期做回乡梦，扮女陪妻子手牵。

冬日抒怀

枝上花开扮雪妆，心萦童趣鬓如霜。

鲜衣非是争春色，欲树梅魂俏夕阳。

冬日菜农叹（新韵）

秋来种菜昼连宵，犹盼寒冬价更高。

怎奈村庄封控后，蔬难上市日煎熬。

壬寅冬观卖菜农民

鲜嫩时蔬欲尽抛，难回血本令心憔。

缘由百问何人应，晨坐街头至日消。

夜雪晨霁

绒雪皑皑青稼覆，红霞冉冉白云游。

一宵解得百天旱，苗泽琼浆了我愁。

雪霁

瑞雪厚蒙平野上，白云环绕秀峰腰。

仵巅送目愁何在，玉海茫茫疠疫消。

冬思

北风凛冽雪飘飘，倦客春来故里遥。

醒问菜园棚可暖？君传微信梦经宵。

壬寅冬日抒怀

柳瘦荷枯心淡淡，澄溪新雪韵浓浓。

欣闻时疫天公阻，百姓从然赏盛冬。

夜落初雪

天女今宵揉碎云，相思撒下絮纷纷。
青山犹羡婚纱色，晓便新穿洁白裙。

壬寅小寒无雪

未落梨花怎洗尘，梅无雪扮缺精神。
天公何日盈冬趣，韵酿诗情染丽春。

壬寅小寒

冬来无雪地生烟，温似春时厉疫传。
谁惹上苍今发怒，不循节律祸灾连。

壬寅冬初雨无雪

冬来初雨洗埃尘，旱地虽滋难静神。
犹盼梨花飞舞至，梅增雅俏麦添衾。

初冬郊游

日冉绕溪行，枫霜鸟悦鸣。

晨风无冷意，竹韵有温情。

白首芦花笑，斜阳菊蕊迎。

归根肥土叶，春至润新生。

初冬回乡

驱车返故乡，一路映晨光。

村外棚连片，溪边菊竞芳。

背山山脉远，面水水源长。

把酒桑麻论，亲朋话小康。

冬日河边

傲雪蜡梅开，娇妍任意裁。

长风吹雾去，明月逐人来。

水远流诗句，桥低作舞台。

一声歌起处，满岸韵徘徊。

船上赏雪

晚来天欲雪，渔火满篷船。

峰岭飘新影，霓虹舞翠边。

飞花传韵厚，絮被暖情连。

众赏冬梅放，乡歌唱瑞年。

雪后抒怀

梨絮漫天开，沾凝素雅裁。

飞花幽翠竹，施粉扮新梅。

绒护青苗地，琼滋沃野台。

农夫观瑞景，挥笔韵徘徊。

乡居雪日

梨花落满头，梅绽竹林幽。

众鸟一声唤，群童五谷酬。

风吹云有意，雪霁日和柔。

山着茫茫色，诗翁寄韵收。

冬日同窗相聚（新韵）

观容霜染鬓，听语忆当年。

卅载时如梦，三冬室不寒。

诗书芳草寄，山水异乡牵。

尽赏篱边趣，心从日月安。

冬日感怀

月缺又重圆，乾坤应序连。

韶华随意去，好景任情牵。

秋暮观霜叶，冬深拍雪天。

斜阳撩我趣，寄韵自从然。

田园初雪

六出纷纷落，琼飘万树花。

田园消旧色，绒被护新芽。

温室青蔬理，银屏日影查。

苍天垂兆瑞，旭霁悦千家。

乡村冬日

勤人应自然，稼穑斗冬天。

温室鲜蔬种，鸣禽阔舍宣。

红梅辞旧岁，瑞雪兆丰年。

汗水浇田野，农家幸福连。

壬寅小寒逢雪

梨花舞小年，絮落护禾田。

翠竹摇琼影，红梅饰笑妍。

风吹宵雾去，景丽福休连。

接灶神长佑，春情岁岁还。

壬寅年秒

暖冬辞旧岁，旭日照新年。

无雪滋葱翠，有梅争笑妍。

尔今游子聚，不再梦魂牵。

沃土含情约，韶华可否还？

冬晨观景抒怀

曦升信步赏寒冬，八角金盘绽洁绒。

瘦柳枯荷新雪掩，蕴芽藏藕隔年葱。

春秋往复情依旧，岁月相从境不同。

白叟欣观芦絮摆，临河丹叶染杉枫。

雪夜梦记

昨夜家尊踏雪来，嘱吾且莫恋觞杯。

阴晴有律遵规至，日月含情按序徊。

何要追求名与利，须知忘却苦和哀。

聆听欲敬一盅酒，梦醒神伤泪满腮。

冬暮

六出曾飞别梦香，琼滋万物待春妆。

禾苗衾护严冬短，树影南移丽日长。

梅绽馨来邀酌酒，雪融地润唤耕桑。

心随五柳田园恋，盼唱犁歌赏燕忙。

冬日留守妇

夫别打工漂远乡，守家农妇昼宵忙。
校园儿女殷殷盼，温室莓花渐渐芳。
云去上村烟袅袅，风来飞雪晓苍苍。
菜棚保暖今需做，力弱寒冬更盼郎。

旅怀（新韵）

漫天飞雪落孤村，犬吠炊烟引入门。
酒市灯阑人寂寂，空山日暮叶纷纷。
数声惊鸟寒云度，半月溪桥古树临。
忽见梅开萦梦里，倚栏犹记绿罗裙。

乡村采风

霜翁如约乡村赏，绿水青山竟日临。
白鹭翻飞田漠漠，鸣蝉欢唱树阴阴。
亭中落子乾坤布，涧里流泉律韵寻。
欲借群芳几分艳，诗行添彩入瑶琴。

一剪梅·年朴瑞雪

一夜寒风南北穿。玉蝶翩跹，琼染林园。绒衾厚厚护禾苗，沃土墒盈，瑞兆丰年。　　点点梅花映眼前。疏影传馨，悦满心田。迎春酌酒意绵绵，沧海曾经，云雨巫山。

天仙子·赏雪

夜落梨花田泽霈，粉扮庭梅开艳蕊。飞琼欣舞晓人缘，凝雾退。风摇桂，晚霁家园飘玉粹。　　云破月来难入寐，霜鬓迎冬心喜慰。觥杯解我酒中情，人已醉。期来岁，雪化春池山满卉。

洞仙歌·冬日寻趣

北风凛冽，见梨花飞舞。千里冰封万山素。避严寒、霜叶艳后归根，寻康健，藏穴精灵冬度。　　凌寒生机旺，松竹青葱，梅绽花馨送余趣。傲雪翠枇杷、英染新枝，含情饰、结香蕾布。毋需叹、冰融酿春来，更可盼、新枝嫩芽云聚。

点绛唇·雪霁夜无眠

雪霁星明，夜寒窗静梅横走。眺观北斗，点点苍穹透。

晨起凌风，翁赏绒衾厚。君知否？琼滋苗秀，诗韵浓于酒。

落梅风·雪后

梨花飘落罩埃痕，鹅绒俏扮园新。院梅绽出数枝春，酿氤氲。

伴孙抛谷招饥鸟，呼朋唤友成群。滚球堆雪塑奇人，笑传频。

雪花飞·雪日感怀

飞雪红梅翠竹，高桥白鹭河流。山里炊烟袅袅，天上云游。

临镜斟杯酒，平添点点愁。今感韶华逝去，满目春秋。

望梅花·农家雪日

竹松争翠绕槐庭。宠犬吠、鸡群欢映，雪日心忧蔬菜棚。

愁绪接三更。期盼风吹见月明，光满嫩鲜呈。

忆秦娥·雪夜

北风冽，田间一夜狂飘雪。狂飘雪，温棚欲坠，宵难停缀。

银屏怨对郎君说。他乡是否观明月？观明月。期回桑梓，共耕冬节。

相见欢·初冬打工郎望月

初升冬月盈塘，叶含霜。拼搏春秋已去、在他乡。　　望月朗，念麻桑，泪成行。何日返家耕稼、伴儿郎。

霜天晓角·元旦溪边

芦花如雪，溪水严冰结。两岸竹青松翠，临冬桂、风清冽。

倦歇，思旷别。回首心犹惬。名利未成无憾，举目望、家乡月。

清平乐·忆雪后捉雀

梨花妆扮，朵朵红梅绽。早起大人勤扫院。喜悦孩童顾盼。

墙角巧设箩筐。地上集撒精粮。食诱腹饥麻雀，机关下落歌扬。

一剪梅·雪日家乡

静赏琼花落九霄。梅蕊芬芳，疏影形娇。溪边翠竹舞婆娑，粉扮青松，鸟落枝摇。　　三友相邻无寂寥。鸡鸭欢歌，嬉戏羊羔。无边温室暖如春，红了番茄，绿了蔬苗。

寻梅·壬寅年梢期雪

冬来未见初雪舞。亦无曾、云游落雨。应寒却暖尘蒙路。更时瘟传染，寄愁如絮。　　春回节律当同步。绽梨花、衾绒鲜素。梅披六出盈盈趣。唤群山新翠，莺啭野渚。

望梅花·雪霁晨练抒怀

趁晴行健，迈步野林兴叹。冬桂蕊黄藏翠叶，八角金盘方绽。琼饰远山呈一色，怎把苍穹望断。　　昨宵弥漫，玉蕊世间情现。总对白裙神久慕，翠竹婚纱今恋。疏影梅香长独秀，撒下相思心愿。

寻梅·观梅雪抒怀

今观六出覆厚厚。护沃野、绒衾麦秀。蜡梅绽放枝头瘦。送芬芳，敢与酷冬冲斗。　　心期岁月能依旧。但流光、重离辛丑。虎来鬓染添新皱。欲写情，对雪问梅观柳。

寻梅·望梅种春

梅开傲雪蕊剔透。伴竹柏、芬芳苑秀。送馨不怕言枝瘦。报春归，笑唤百花新柳。　　年来万象皆宽厚。雨滋苗、情邀牛走。老翁乐与诗交友。咏梓桑，总对翠苗斟酒。

朝玉阶·观冬景有怀

临望曦升赏盛冬。柳疏荷叶谢，应寒风。溪边金桂酿馨浓。无名球卉绽，洁绒绒。　　顺天林木序传通。萌芽藏幼蕊，应春葱。乾坤存律续无穷，逐年残雪润，促花红。

雪花飞·初冬情

黄叶流连染径，栾梢点满灯笼。唯见凌寒彩菊，情寄初冬。犹盼梨花舞，绒衾护麦葱。唯待红梅信约，柳嫁春风。

天下乐·立冬不寒

应冷热流倍眷眷。雨水少、晨雾漫。冬前苗葱体不健。忧持久、怕人罹患。　　望上苍、时循正轨转。送瑞雪、琼浆灌。润滋旷野苗切盼。覆绒衾、情酿远。

临江仙·观冬景抒怀

绒雪如衾苗得润，朱梅竞绽斗严风。林边锦鸟落西东。碧河临画阁，贞竹伴青松。　　白首何求长送目，欣观清旭照苍穹。朗襟寻趣乐融融。凌寒心淡淡，尽赏夕阳红。

忆王孙·冬思

辞家千里值寒春，昼稼田园夜念君。燕语莺歌不忍闻。岁留痕，已绽梨花未见人。

南乡子·壬寅冬抒怀

送目仡峰巅，千里冰封雪满山。衾覆翠苗尘洗净，心欢。温室蒙蒙翠竹连。　　防疫近三年，动态清零意志坚。万众一心何所惧。攻关，四海终迎朗朗天。

玉梅令·冬至

循时昼短，凛冽寒风漫。梨花舞、厚衾情献。恰腊梅正放，六出映新装，馨暗送，影疏韵远。　　田苗得练，犹把东风唤。绒琼卜、润滋更健。待柳芽初翠，细雨寄情长，邀百卉、蕊开溪畔。

亲友情深

父亲

爱总心头有，平常口却无。

齐家躬脊背，唯盼子优殊。

游子吟

天涯身旅寄，故里梦思长。

离别东风送，归来雪满乡。

陪外孙玩魔幻陀螺

盘旋竞技中，千乐戏孩童。

欣伴盈天趣，犹思启上工。

陪孙

孙乃永磁材，无需电键开。

罗盘针所向，引力自然来。

示孙

时光不等人，颜老怎回春。
当惜韶华好，功成自悦欣。

春日思远

水映青山远，风轻物候新。
依栏千里想，泪眼盼伊人。

访山乡故人

尔种篱边菊，吾怡苑里花。
霜寒枫叶染，对酌话桑麻。

听孙讲童话故事

一梦上穹霄，琼楼玉宇邀。
摘回星几颗，赠与外孙瞧。

高堂的背影

春秋躬背绣方田，四季时蔬总洁鲜。
非是子孙无孝道，唯期康健享尊年。

摘扁豆

蝶花洁白应秋风，刀果盈盈满架葱。
谁种时蔬冬夏嫩？高堂耄耋乐融融。

梦孙心应

夜梦孙容悦在心，平明早把食来寻。
虽疑却要出门望，恰见车边已到临。

辛丑暑假与孙对弈（新韵）

暑假孩童总绕膝，方田对垒俩痴迷。
他知布阵规则后，便把白头老叟欺。

陪孙踏青

水帘高挂映春晖，蛙乐声中白鹭飞。
童拍花丛蜂蝶舞，翁观霁色望鸿归。

贺外孙围棋晋升业余三级

每周半晌布乾坤，常让霜翁费力跟。
今鉴功夫三级定，将来夺冠有吾孙。

孙恋棠张镇植物园

一片青葱一片红，高低各异实犹丰。
游园览尽乾坤趣，孙戏流连乐老翁。

示孙

斗转星移本自然，有人荒度有人怜。
千金难买韶华久，莫负光阴写逸篇。

送孙上学感怀

妪翁竟比学生多，生恐飞车路掷梭。

犹忆儿时常自往，呼朋唤友唱山歌。

思念

昨夜星辰闪昊穹，曦升朗照映山红。

离人目送东流水，月又盈河泪眼蒙。

诗友春聚

诗友春来聚水边，吟花咏草韵连天。

举杯尽显英雄气，未改贫穷慕圣贤。

悼高原

噩耗传来涕泪潸，痛心疾首悼才贤。

帝招今日归仙境，灵佑家人永世安。

夏日乡居

竹风绕院送新凉，庭后蛙歌菡萏香。
耄耋高堂挥妙手，时鲜总续慰儿郎。

村夜广场舞（新韵）

忙罢田园伴舞灯，耕耘倦意尽归零。
村头蛙曲离人唤，何日回乡赏月明。

悼王贺军先生

君临仙境亦伤心，从此唯能梦里寻。
谁夺词坛良友去，苍天有泪雨淋淋。

赠诗友王广哲（新韵）

敢与阎王斗一番，舍条腿去志犹坚。
诗怀消痛神灵佑，难后重迎朗朗天。

秋月夜怀友（新韵）

明月挂窗前，蛩声噪耳边。

桂香非有馥，菊艳亦无鲜。

应寄秋丰韵，何存夜少眠。

思君微信送，欲醉几时还？

秋晨忽起回乡

闻馨观桂去，忽起故园回。

不赏荷边柳，无心荫下苔。

丝瓜当满架，秋菊可全开？

未至村头树，高堂早已来。

同窗新聚

黉门一别后，风雨卅春秋。

岁月留田野，沧桑染眼眸。

相逢无尽语，对酒若何愁。

笔走龙蛇舞，诗书显众流。

示孙

人生无坦路，挫折莫心焦。

骤雨难长降，斜风怎久飘。

逢山危径上，遇水小舟摇。

逆境多磨砺，攻坚垒逐朝。

赏景示孙

临山山润色，逐水水连波。

雨霁松涛翠，风轻桂露多。

持登凌绝顶，久棹渡长河。

华少今勤奋，将听处处歌。

寒假陪七岁外孙

七岁伴吾身，俨然为友人。

读诗明道理，叙事有经纶。

黑白乾坤布，兵车楚汉巡。

弈棋常斗智，老叟变天真。

送友

一

凌云南雁过，把酒饯君时。

湖海驱波浪，山川见别离。

须将舟楫借，莫惧雪霜欺。

待到春风满，鲜花寄一枝。

二（新韵）

城北青山绕，亭南碧水粼。

顺风无限道，倾语远离人。

逐梦行千里，传波望二辰。

天涯何阻碍，屏幕赏英新。

暮春深山访友

涧覆朦胧雾，峰升灿烂霞。

红樱连绿杏，啼鸟伴鸣蛙。

瀑落长河水，槐开满岸花。

白云缭绕处，庭院话桑麻。

陪高堂收椒种蒜

红绿盈盈扮夏秋，时蔬滴滴味常酬。

寒霜尽染情无限，沃土勤耕韵总流。

沐雪新苗逢岁练，迎春翠色满园修。

方田洒汗乾坤大，耄耋高堂总悦收。

夏日小院

平明夜雨洗清尘，啾耳声声鸟乐频。

房后金蝉鸣翠叶，门前宠犬唤亲人。

丝瓜墙上黄花绽，豆角棚中绿果新。

耄耋高堂朝夕理，儿孙摘罢送周邻。

同学相聚

沐雨经风越卅春，重逢莫论富和贫。

观容犹忆英才貌，听语能知壮志人。

举盏千言情不了，同窗三代世相亲。

鬓霜少管儿孙事，安赏斜阳乐健身。

孙教玩魔方

等棱六彩一魔方，后拨前旋色乱行。

孙让还原爷答应，心期复位眼迷茫。

半天依旧相求助，转瞬更新不厌帮。

逸趣常萦添慧智，无穷变化有规章。

陪孙试坐徐州地铁三号线（新韵）

长龙飞快丽宫穿，下淀新区一线牵。

未见红灯调秩序，唯听悦耳报家园。

稚童兴奋缘由问，老叟含情故事宣。

醒目站名心已记，十八公里少时还。

悼五叔

八旬沐雨历风霜，驾鹤凌云瞰梓桑。

落叶犹思归故土，游人无意恋他乡。

今宵痛悼音容去，此后余怀涕泪扬。

嘱告良言心永记，欣由神佑到天堂。

友子新婚典礼

欢声盈耳贺声扬，歌满华厅乐满堂。

一世同心花寄意，百年好合语流芳。

台前金诺相知妹，日后形随有信郎。

唯愿平生如此悦，养儿莫忘敬爹娘。

与童伴隔洋微信

微信书传万里通，对屏咫尺话西东。

溪边花说去年艳，柳岸莺期隔日红。

沧海墨无情未了，蓝天书尽念无穷。

举杯畅忆儿时趣，一曲童谣两老翁。

秋日小院

冉冉朝阳庭院朗，桂香菊媚遍鲜花。

蓬悬熟果葡萄献，墙接葱条露蔓爬。

树上枣甜红艳艳，竹间鹊乐叫喳喳。

春华夏润金秋享，叩韵诗扬颂晚霞。

西江月·高堂的背影

庭院方田滴翠，春花秋果流芳。时鲜四季慰儿郎。送与周邻神爽。

曾育子孙故苑，躬耕背影高堂。一生付出有天祥。松鹤遐龄快畅。

采桑子·与孙再弈

方田黑白乾坤布，守土为营，挂角强行。全局筹谋思路清。

吾曾列阵孩童教，他学排兵，棋谱犹精。半载钻研技跃升。

浣溪沙·老来乐

未负韶华已鬓斑，老来惟恐病相缠。生存有道应心宽。

冬去春还常得意，云舒云卷总悠然。凡人谁可变成仙？

浣溪沙·春日别友人

蝶舞蜂欢恋丽春，花开花落总频频。闲翁惜去酒销魂。

满目青山连远日，一头白发别乡亲。他城更念眼前人。

蝶恋花·伴孙踏青

李白桃红花闹树。旭日东升，翠叶悬琼露。绿岸澄湖彩舟渡，波光涟滟风和煦。　　翁孙牵线鸣鸢舞。野灶升烟，树杪霞盈趣。童子流连怨时暮，叟思竟日同春住。

醉花阴·重阳逢童伴

信步登高惊邂逅，语识儿时友。相顾现沧桑，鬓染风霜，执手无言久。　　忆曾竹马青梅逗。戏水清溪走。无奈各西东，蝶梦春秋，可惜才倾首。

满庭芳·重阳思同窗

菊艳香飘，稻黄波荡，重阳云淡清风。叶悬晨露，坪草掩鸣蛩。独步拾阶越岭，顶峰上、尽赏林彤。涧澄澈，泉声悦耳，瀑落向西东。

倚栏心念旧，黉门别柳，职履尤功。忆相约，举杯一饮千盅。霜鬓欣然和顺，多坦荡、情酿交融。斜阳望，短书远寄，情笃托飞鸿。

定风波·北堂耄耋扮农家

豆角蕃茄绽紫花。蔓荫蓬架吊黄瓜。鹊唱燕欢歌满树，佳景，水澄荷翠戏鱼虾。　　红瓦灰墙庭院雅，幽宅，咏诗歌赋品新茶。闲僻无舍园犹眷恋，骄傲，北堂耄耋扮农家。

小重山·归燕陪萱堂

竹翠莺歌燕凯归。旧巢迎故友、素情回。当春竟日快寻飞。新雏早，躯翅健、望南陲。　　耄耋北堂期。经年留畅道、护风帏。悦声常伴倍心怡。时蔬种，鸡鸭养、赏英蕤。

武陵春·观无人机种田

云淡风轻花送馥，啭鸟闹枝头。一曲犁歌唱沃畴，种地没行牛。遥控无人机自去，稼穑不停休。难见田间汗水流，技进步、解劳忧。

桑梓怀恋

游楚河

风住水犹明，彤云镜里行。

欣观鸥鹭起，两岸拍春英。

留春

蛙闻雷醒后，花绽满园时。

心欲天公问，春归可委迟？

春日山趣

林幽众鸟鸣，竹动洁馨盈。

帘瀑悬流处，桃花伴悦声。

趁雨施肥

雷响闹春宵，如油雨润苗。

时机翁巧算，肥料日前抛。

林边闲吟

鸟声风荡碎，花影日斜长。
心欲苍穹去，情唯寄夕阳。

溪边晚眺

绿水白鸥归，横林映玉晖。
随心云化雨，待落润芳菲。

啼鸟报晓

悠然美梦行，啼鸟报黎明。
虽未巫山去，传来悦耳声。

儿时捉蝉（新韵）

高树响鸣蝉，竿胶欲上粘。
游人前借问，摇手不出言。

湖边掠影

澄湖戏白鹅，翠柳送蝉歌。

靓女欢声处，扁舟伴稚荷。

日暮寻幽

向晚荡溪河，扁舟伴白鹅。

斜阳方落下，明月映清波。

月下荷边

欢声荷畔传，月下手相牵。

进入幽深处，形羞并蒂莲。

月圆牵梦

雨散净他山，中秋又月圆。

思乡游子梦，春至雪连连。

村翁

鸟语绕乡村，身边宠犬跟。

田间耕种去，拂晓至黄昏。

何桥火龙果园主直播

科技架桥梁，田园着彩妆。

网红常打卡，蔬果售他乡。

恋

梅蕊争春早，秋花盼落迟。

翁观南雁去，尤醉夕阳时。

思乡

一

离家千里远，一梦别愁长。

明月当空照，误以是故乡。

二

羁旅别离长，归思梦梓桑。

以为今皓月，不是照他乡。

三

羁旅千山外，情绵万里长。

何时消疫病，煮酒话思乡。

四

隔山山有路，间水水行舟。

归雁凌云过，思乡几个秋？

秋思

海角又逢秋，天涯倦旅愁。

神随归雁去，竟日故园游。

抢种

天寒日已沉，衣薄汗淋淋。

饥犬连声唤，方回播种人。

恋春

清明时节雨，潜润百花新。
春韵连天际，眷留斑鬓人。

春回

夜落潇潇雨，滋开艳艳花。
一声雷震后，遍野醒鸣蛙。

果园情

桑梓梨花放，游人梦里牵。
焉存山水隔，日月总同天。

春日闲吟

英残会再开，燕去可重来。
欲把春留住，期恒锦绣裁。

花开别样春

欲化闲云静自身，昔烦俗事锁忧人。

尔今淡却三分怨，同是花开别样春。

乡春掠影

竹溪柳影接芳茵，鸥鹭翻飞竞戏春。

遥控农机耕沃野，霜翁渐作画中人。

蒜乡暑日（新韵）

晓趁微凉抢稼耕，归来便恋树阴浓。

家家剥蒜神专注，市价他人掌控中。

村晨湖景

水映层楼接燕亭，彤云白鹭一湖经。

方言倒影存余憾，旭日签章正入屏。

又见梅红

又见梅花点点红，今春不与去年同。
忆曾玉面盈屏笑，此处空留白首翁。

忆院槐

历尽沧桑老院槐，沐春串串玉花开。
童年谙记莺鸣处，每有乡愁月下来。

种菊花

城中蝶舞恋芳华，百态千姿万众夸。
地植霜英为入药，它开阅我种桑麻。

乡居乐

辞却喧嚣返故居，匀苗添翠草虫除。
闲来总有莺欢唱，竹映斜阳我读书。

秋雨淋白头

细雨绵绵落仲秋，桂花馥滞草蚤忧。

常年朗日今何故？白发新添在地头。

四时乐吟

春

雷鸣虫醒百花开，蜂蝶翩跹紫燕来。

喜雨无声诗圣忆，情随絮舞韵徘徊。

夏

实孕蝉鸣菡萏红，昼长雨沛稼禾葱。

池边常羡羲皇侣，酝酿诗情送爽风。

秋

菊艳蛩鸣桂送香，排云雁阵赏枫霜。

神随五柳南山现，廪满诗盈酿韵长。

冬

梅花傲雪显精神，松竹青葱为睦邻。

长学乐天邀小酌，齐声咏雪沁园春。

四季含情

一

雪化新春润沃田，光盈雨沛夏情延。

欣观稻菽金波荡，叶落归根总续缘。

二

春临新蕊夏观英，拍罢霜枫雪友呈。

芳草枯荣皆有序，年年总酿世间情。

雨霁回乡

风光月霁映窗边，夜梦家乡电话连。

红日初升吾未至，高堂早站老房前。

回乡

虫鸟经天爱唱歌，山村总比耸楼多。

尔今白叟回乡里，常伴时花与碧河。

心回故里

蜂欢过岭恋花开，鱼跃龙门逐浪来。
牵线霜翁明月钓，心回故里酒盈杯。

摘朝天椒有感

丛椒鲜艳向天呈，恰似童颜满面荣。
尔恋霞光风雨沐，高堂培育对阴晴。

月夜船餐

泊岸渔船烛火幽，湖餐俊味酒难休。
清波荷荡萦明月，远看霓虹扮画舟。

赏日行

澄湖翠岸映晨曦，琼露悬花满目怡。
欣见斜阳依岭下，红霞流韵染新奇。

夜钓（新韵）

烟络横林入碧空，山沉远照映云红。
澄塘白叟垂明月，钓至鸡鸣丽日升。

荡舟

无奈时光染白头，思孙竟日课难休。
谁能解我今时怨，舟荡波消心上秋。

田园忧（新韵）

农田稼穑应春风，遍野勤人尽妪翁。
老弱怎营粮满廪，犹期沃土诱新兵。

观联合收割机收麦感怀

不见镰刀昼夜忙，但观金麦尽归仓。
今虽稼穑艰辛少，谷贱农民亦感伤。

乡村随处有时钟

雄鸡应晓准时鸣，叟伴曦升沃土耕。

稼穑不劳钟表闹，黄莺宠犬唤归程。

观家燕喂食感怀

幼雏欢闹唤双亲，爱子穿梭喂食频。

晓礼羔羊知跪乳，忘恩枉做世间人。

观石楼村石槽石磨

晨霁风和至石楼，石雕槽磨记春秋。

昔曾阅尽人间苦，今作台阶供客游。

观棠张镇农业示范园彩色番茄（新韵）

彩果琳琅结满田，红黄蓝紫串珠连。

盛情难却随机摘，撩出儿时一口涎。

棠张镇人工换机械蔬菜大棚示范园

施肥滴灌自相连，线拉株升赤果悬。

原是面朝黄土事，尔今遥控植棚田。

过棠张镇牌坊村

贞节牌坊立百年，本为教化世间传。

今临惟赏书和艺，颂罢精工慕隽贤。

向阳渠（新韵）

修渠筑坝造良田，欲引清湖上岭山。

虽未如期禾稼润，精神犹记颂当年。

阎窝惨案纪念馆（新韵）

毫无天性灭多门，燃迹残墙祭众魂。

怒火中烧心永记，恒留此处警人人。

谒抗倭英雄李玉梅等五位志士

碑刻文留迷马村，满腔热血挽忠魂。

舍身战寇英雄祭，不忘深仇递子孙。

谒狼山狙击战七十九位烈士

抛头洒血为人民，垂佑山川日日新。

心树丰碑英烈慰，传承永葆世间春。

谒孙凤鸣志士

只身孤胆除奸贼，血染山川挽国魂。

志士九泉含笑看，中华日有复兴痕。

参观北望村渡江战役总前委指挥部旧址

门楼品字品人生，曾鉴前筹百万兵。

吾慕雄才天地展，登临正值旭丰明。

回乡创业

曾别青山客远乡，每观明月酿愁肠。
尔今创业田园绣，随伴亲人恋旭光。

春思

陌上闲花淡淡春，逐波对对泛文鳞。
离愁犹恐流莺唱，望尽英残未见人。

梦儿时吃桑椹

雨落窗边夜梦香，追蜂逐蝶上山岗。
忽迎桑椹满枝诱，花脸归来逗爹娘。

清明梨园授粉掠影

洁蕊朝霞霁色新，蜂欢蝶舞竞芳春。
村姑敏手花芯点，抓拍天男目有神。

春观红梅

蕾红点点抢春先，芽翠随萌衬蕊妍。

几日花消蜂蝶去，营营绿叶续情缘。

初春蜡梅

虬枝点点染金黄，微感冬归应旭光。

岁岁凌寒先吐艳，邀来柳翠百花芳。

季春田间对话（新韵）

昂头麦笑身边蒜，同照春光怎不高。

无语苔弯朝地指，土中兄弟酿鲜肴。

农人心愿

一季秋苗四野波，身临日下汗流多。

耕耘唯盼天公佑，光满风调雨润禾。

故乡情

家乡山水绿，游子故园情。
几度花开放，千回梦绕萦。
儿时幽院月，常在耸楼明。
离绪归桑梓，欣闻众鸟声。

返乡

卅载返家乡，重修赤瓦房。
篱边金菊绽，湖上白鸥翔。
心远无偏境，毫勤有丽章。
田园谁写意？叟妪恋斜阳。

家乡新貌

农家已小康，旧宅换容妆。
款款烟青瓦，高高雪白墙。
杯中盈老酒，仓里溢新粮。
沃土频呼唤，精英返故乡。

雨霁乡间

天边架彩虹，碧水映苍穹。

蝶舞鲜花上，莺歌秀岭中。

曲溪临野老，美稼伴乡翁。

霁色呈祥瑞，人勤五谷丰。

小院情

春兰着雅妆，秋菊斗寒霜。

门对千竿竹，庭盈四季芳。

月明观碎影，雨霁赏新光。

了却凡尘怨，陶然品景祥。

春分家中君子兰盛开

草木晓光阴，鲜花已惠临。

一根生并蒂，十叶互同心。

馨送乾坤远，妍和老友深。

谁知君子意，相伴胜千金。

桑梓情

家月春秋照，祥云布泽行。
心临田与稼，神注暮和明。
可品新茶味，能闻野鸟声。
偷闲常寄韵，四季总关情。

舟行山水间

舟行烟霭霭，溪曲日融融。
风满深松里，声喧翠竹中。
汀洲栖白鹭，柳岸绽妍丛。
归棹流连处，湖边坐钓翁。

乡翁

花开观蝶舞，叶落送鸿奔。
夏至凉风钓，冬来瑞雪跟。
山中闲日月，书里有乾坤。
莫怨乡翁咏，斜阳共绿樽。

山居

长岭育清川，轻舟慢棹间。

白云峰上绕，流水涧中闲。

宿鸟金秋醉，飞鸿远道还。

霜翁归故里，斜日满枫山。

四季传韵

节岁存佳境，乾坤律序循。

蝉鸣幽盛夏，莺啭应新春。

花径馨香远，溪流绿水邻。

秋高妍菊赏，瑞雪酿纯真。

晚秋思绪（新韵）

稼晓秋深稔，霜枫叶染红。

斜阳分五彩，碧水映双峰。

归雁凌云过，寒虫绕夜鸣。

何时桑梓返，携手共耘耕。

留守妇思秋

明月映东塘，轻风送湛凉。

吟蛩知友唤，萤火迭双翔。

日下辛耕稼，灯前盼玉郎。

梦中犹缱绻，啭鸟沐晨光。

打工郎秋梦

桑梓别离长，南飞雁阵翔。

芝兰牵雨露，桂菊送芬芳。

日暮霞光远，风轻月色霜。

今宵萦梦里，携手稼耕忙。

思乡几个秋

闻馨信步游，蛩在草丛啾。

碧水临金桂，霜花结白头。

飞鸿南国去，客子北疆愁。

景令人心碎，思乡几个秋？

秋归乡居

一字雁行频，清晖又顺辰。

鸣蛩歌彩菊，翠竹傍周邻。

曾赏他乡树，今归故土人。

田园存韵厚，从此陌阡巡。

秋意

纱窗透桂风，鸟啭露林中。

日暖开金菊，天蓝送阵鸿。

蛩鸣游子意，溪坐钓鱼翁。

乡梦和谁寄，萧萧落叶桐。

秋日遣寄

秋雨送新凉，金波万里扬。

虫声萦北国，雁阵慰南疆。

枫染山川秀，溪流菊桂芳。

白头离绪远，随月到家乡。

乡情

卅载农门离别后，江湖总在映云风。

花开夜雨一壶酒，寒染山丘万岭红。

待到雪飘滋沃野，且期春满赏西东。

他乡虽有工薪慰，怎比村边伴世翁。

故园

儿时草宅护群娃，难忘三餐吃地瓜。

屋漏双亲遮雪雨，春来尽日种桑麻。

醒心修立子孙志，汗水浇开幸福花。

今赏高楼连美墅，乡间俊鸟啭朝霞。

梦回雪后故里

入梦梨花落僻乡，街前童伴戏游忙。

琼人活现村边立，雪仗机灵树后藏。

满院红梅临翠竹，一群喜鹊唱新阳。

衣虽单薄身温暖，饿便回家喊北堂。

家庭农场

流转农畴沃野荣，春滋喜雨酿秋成。

施肥测土配方准，除草旋喷药雾轻。

机上无人连北斗，田中监控映长庚。

韶华不再他乡寄，妪叟从今吉梦萦。

城郊失地老农

一夜村民变市民，平房拆罢远乡邻。

钱囊鼓起当时乐，积蓄花完即日贫。

种地曾经浇汗水，修园依旧付艰辛。

丰收景象常萦梦，楼耸犹思共稼人。

遍野勤人皆妪翁

自古平民食为天，耕耘播种恋情牵。

商潮诱走韶华博，沃土常留白叟缘。

老弱怎能营满廪，新谋方可获丰年。

但期稼穑青春爱，犹保神州众乐然。

参观铜山区现代农业产业示范园

曾推农技赴田头，稼获凭天靠地酬。

供寡犹期丰产出，需多更待众休谋。

大棚高架风霜隔，肥水恒温菜果收。

示范如能传播远，了吾夙愿解心忧。

乡翁寄韵唱秋歌

镜湖芦发比婆娑，望影从然石击波。

不叹层林葱叶少，唯期沃野麦苗多。

篱边菊艳迎霜降，廪里粮盈送乐和。

自古逢秋常感慨，乡翁寄韵唱丰歌。

辛丑秋回故里

金桂欣随彩菊开，霜枫又约暗蛩来。

飞鸿犹在南方去，童伴相邀故里回。

非是田园不梦寐，只缘病疫隔尘埃。

虽能微信音频送，怎比同舟共举杯。

忆旧宅（新韵）

双亲挖地垫高台，身没分文巧手裁。

草舍土墙冬暖护，宽厅透气夏凉来。

艰难困苦繁霜鬓，雨雪冰风有素怀。

弹指卅年存梦境，萱堂楼上蕙新栽。

城中思乡鸟

偶遇城间传鸟语，便思山野悦音多。

黄莺林里花时恋，白雁空中驿路歌。

浩荡春风鸣布谷，轻盈秋雨沐天鹅。

尤期职退田园住，赏罢南坡去北坡。

采煤塌陷地复垦

采煤塌陷变泥塘，沃土多年难种粮。

复垦蓝图神细绘，植栽丛桂韵犹扬。

南湖碧水鱼虾满，北岸金畴菽谷香。

基本农田红线保，子孙世代得安康。

观何桥特色农业（新韵）

何桥农业誉彭城，翠染田园特色明。

千亩瓜蒌悬绿帐，百棚龙果点红灯。

牡丹芍药三春满，芦笋甘蓝四野丰。

生态有机销路远，乡村致富靠群英。

乡恋

碧水含山映劲松，荷妍盛夏雪梅彤。

花开春至朝看蝶，果熟秋来夜闻蛩。

村外池塘风淡淡，园中林圃月浓浓。

田翁酌酒乾坤恋，听惯鸡鸣报晓钟。

种西瓜

迎春温室育新芽，呵护精心胜看娃。

总恐夜来吹冷气，犹期雨去洒明霞。

百天汗泽葱茏叶，一旦秧开灿烂花。

丽日相邀赤蜜酿，果甜食客亦甜家。

癸卯帮农家收蒜纪实

小满将临起蒜忙，沃田妪叟竞时光。

每提总觉如铅出，欲剪才知似羽扬。

未比往年辛苦减，缘何今载岁寒长？

歉收无奈夏秋寄，汗洒犹期廪溢粮。

老妻雇工帮妹家收蒜（通韵）

妹家收蒜度时艰，唯恐风吹雨落田。

她雇帮工来往送，顺迎烈日纵横谈。

今回总道身疼痛，再去那知意决然。

嘱我只说亲友助，应须保密守尊严。

返乡创业（新韵）

游子多曾梦里牵，每临风雨望乡关。

重归故土青苗处，再恋溪桥绿水间。

禾稼勤锄粮满库，鸡豚频唤果盈园。

阖家总聚融融趣，四季常逢朗朗天。

落梅风·赏梅思乡

凌寒新蕊雪中强。随风竞逐温光。满枝玉蝶韵飘扬，送芬芳。
玉轮初照移妍影，犹思别梦情长。晓来红日映池塘，在他乡。

浣溪沙·留守妇思秋

禾荡金波菊桂香，蛩鸣鸟啭恋秋光。枫林知趣染轻霜。
稼穑艰辛思几度，丰收喜悦盼寻常。手机一点寄他乡。

人月圆·留守儿童

孩童放学村边赏，花艳馥馨流。清溪玩水，闻莺戏宠，恰似无忧。
双亲远去，打工拼搏，辅导难求。逢车便望，心期陪伴，常等村头。

西江月·乡村留守妇

春种桑麻留韵，秋收稻菽传情。孩儿伴读孝心呈，鬓染霜心难静。
鸡叫常常惊梦，孤灯犹怕长更。何时郎返举金觥，醉劝田园逐影。

临江仙·诗韵咏秋高

世人皆念韶华好，时光总是匆匆。早迎尘露晚临风。月圆重月缺，照出白头翁。　　是非成败随波去，怡然欣赏秋高。霜枫妍菊上眉梢。雅吟山水，无欲自逍遥。

忆江南·家乡新春

晨曦冉，村郭映霞光。归燕呢喃歌对对，黄鹂穿柳影双双。桃李送芬芳。　　庭院里，幼稚染鹅黄。园菜方栽苗吐嫩，故居重饰韵飞扬。离职赏家乡。

踏莎行·金秋情寄打工郎

鸟啭蛩鸣，桂香菊艳。霜枫映日层林染。山中硕果馥馨飘，田间稻稔金波泛。　　伫望曦升，欣观云淡。依栏情寄离人念。屏传禽唱廪充盈，犹期相伴金秋览。

渔歌子·家乡四季

初春

草萌花绽蝶蜂巡。衔泥归燕竞芳辰。

知时雨，稼耕人。一犁沃土一犁春。

盛夏

菡萏初开立蜻蜓。田禾丰茂雨充盈。

蝉欢唱，鸟和鸣。农人日下正耘耕。

深秋

彩菊初妍桂花芳。寒蛩欢唱谷金黄。

翁垂钓，雁翱翔。游人望月念家乡。

隆冬

梅花初红北风寒。温室蔬菜嫩又鲜。

棚满地，叟无闲。皑皑村庄袅袅烟。

生查子·打工郎思秋

家乡别梦长，缺月离人照。两鬓染霜秋，一夜韶华老。

阡陌稻波黄，鸿雁凌云告。何日种桑麻，田园伴昏晓。

浪淘沙令·空巢老人

耄耋宅空楼，衣食无忧。儿孙奋斗竞前头。假日尚能来做客，餐后难留。　　健赏鸟啾啾，医病常愁。心期陪伴却言休。面对小花常自语，窗望春秋。

减字木兰花·留守儿童

受欺能忍，课外习题无处问。欲见回肠，望断天涯想爹娘。
隔屏虽见，犹得常陪儿女愿。何日凭依，雏雁凌云万里期。

水调歌头·谒狼山狙击战烈士

淮海打援战，勇士狙狼山。杀拼攻敌坚守，争夺十余天。截断顽军归路，打出英雄气度，迎得凯歌连。七十九英烈，流血在兹眠。
目长仰，碑矗立，入云端。尔今拜谒，功绩铭刻志相传。春夏秋冬恒递，日月星辰持记，伟岸在心间。万众红旗举，华夏梦期圆。

冉冉云·解忧故里蚕桑文化旅游节采风

故里蚕桑旅游节。引孩童、甚甜欢烈。溪水碧、乐钓清波天阔，看满地、妍花胜绝。　　采风诗人多欢悦。对田园、话长情切。流韵久、莫怨韶华休歇。情到谁辞醉彻。

诉衷情·恋春

柳翠花浓盈碧水，燕重临。莺语唤，犹恋，酿情深。　　观景总宁心。约弹琴。酒再斟，期久斟，老翁诗漫吟。

蝶恋花 · 田园诗情

独坐兰亭云缓缓。目送飞鸿，幽绪连风岸。百转千回情缱绻，天高云淡神犹远。　　逸趣萦萦诗韵恋。画鸟听虫，新咏群花灿。抒写田园情尽献，白头孤影终无怨。

望梅花·田园生活

　　一元初始。万象再生春意。花甲职离归故土，卌载重居乡里。茅屋换容庭院阔，耄耋高堂悦喜。　　播红收翠。绿韭嫩蔬香荠。雨雪暑寒鸡鸭闹，鸟啭猫欢犬吠。悠赏东篱观日丽，品茗吟诗情致。

沁园春·住新房（新韵）

　　卌年农宅，丙申翻建，亲友齐帮。有弟兄看守，邻居勤助，妹夫领干，姊妹倾囊。自画蓝图，表兄装饰，数月辛劳悦住房。愉回首，赞心齐路坦，和善家祥。　　院庭阔室盈光，农家乐，怡然喜气扬。看粉墙赤瓦，时蔬常翠，高门大院，瓜果飘香。报晓鸡鸣，白鹅常舞，绿树修篁绕院旁。田园守，乐高堂行孝，尽享夕阳。

天净沙·乡居

　　番茄豆角黄瓜。碧塘莲藕鱼虾。　　阔院灰墙赤瓦。美图谁画？八旬娘扮农家。

节日题咏

癸卯春节

无雪却迎春，梅开总酿新。
乡村佳节里，田野见农人。

除岁

欣观寒雪舞，乐赏蜡梅开。
谁遣东风至，新芽一夜裁。

壬寅元夕

无灯月不开，有雾总徘徊。
昔是消禁夜，今难人约来。

清明

清明新雨细，湖岸柳丝长。
归燕歌声起，田园稼穑忙。

辛丑端午节抒怀

天问苍穹映，离骚铸楚魂。
千秋英杰慰，圆梦火星奔。

七夕愿

千秋牛女怨，河汉阻欢愉。
今盼仙桥久，离情别泪无。

中秋月

冰轮跃海来，天地韵徘徊。
照妙千山趣，邀花万里开。

中秋月下

圆月入澄塘，亭盈菊桂芳。
鸣蛩邀对酌，蝶梦伴歌扬。

中秋愿

馨香月桂传，尘世庆团圆。

自古嫦娥慕，尤思不做仙。

中秋望月

中月千秋照，游人万里情。

身边昭朗夜，总没故乡明。

中秋

月桂中秋绽，欣闻一缕香。

离人微信里，举盏对蟾光。

重阳赏山

重九赏霜天，枫红映菊妍。

夕阳东岭照，五柳素情牵。

重阳

枫霜归雁赏，蛩唱菊花开。
谁愿辞青醉？吾愉载酒来。

丰收节掠影

金波荡菊香，草盛遍牛羊。
扮美丰收景，田翁约举觞。

国庆时节

群山果坠枝，沃野谷波怡。
菊桂繁花献，馨盈国庆时。

腊八粥

五谷锅中煮，清香满院飘。
乡愁游子意，故里路迢迢。

端午

端阳雨霁水澄清，粽裹春秋祭楚英。

一曲离骚千古唱，龙舟号子问天征。

赛龙舟

端午馨风送碧波，龙舟列队满江歌。

惊观桨动欢声起，号子冲天鼓震河。

七夕

久期今夜渡银河，鹊返曦升洒泪多。

牛女常年凡世羡，天天靓妹会情哥。

七夕梦

夜梦银桥喜鹊连，心期浩宇月常圆。

今呈北斗繁星网，牛女随能微信传。

丰收节独酌

蛩邀寒露映树东，桥头桂畔一痴翁。
浅斟低咏嫦娥问，可羡人间五谷丰？

中秋情

金桂盈园沾月露，寒蛩欢唱逐风潮。
知秋雁阵凌云过，神往心驰故里遥。

中秋抒怀

菊开桂绽满庭芳，冉冉冰轮映碧塘。
对月犹思千载梦，神舟往返韵飞扬。

中秋夜

今望他乡月朗圆，孤灯无酒夜难眠。
与儿微信视频后，嘶噪寒蛩催泪涟。

中秋韵畅流

冰轮万里洗中秋，地映清辉遍托幽。

今忆苏公明月问，问来花好韵长流。

重阳登女娲山

彩石缘兹助女娲，千秋此地出丹霞。

重阳极目飞鸿去，绿水青山秀万家。

重阳夜梦

重阳观雁往南飞，携友登高暮醉归。

夜梦家乡篱畔住，晓邀五柳赏朝晖。

医师节颂中医

白衣天使尽华佗，救死扶伤逐病魔。

方药传承灵妙显，一张笑脸一支歌。

国庆接重阳

实硕蟹肥逢国庆，桂香菊艳入重阳。

凌云万里归鸿乐，谷泛金波岭染霜。

庚子中秋国庆同日欢

中秋国庆节相连，彩菊霜枫竞笑妍。

情酿新醅邀朗月，举杯寄韵谢桑田。

腊八时节

谷粥飘香自万家，冰封玉洁落梨花。

莫言四九多寥寂，且看梅红约柳芽。

元旦闲吟

山竞高峰水汰尘，星移斗转律规循。

时光永逝情难了，老树新芽总弄春。

元旦感怀

牛耕沃土始翻新，雪映寒梅忽报春。

难挽落花流水去，皱添怎比树增轮。

2023 年元旦抒怀

梅开无雪扮新春，辞旧时瘟遍染人。

欲劝天公重抖擞，降魔呈瑞例规循。

壬寅腊八

因染时瘟自锁楼，难寻五谷煮香粥。

倚栏望断家山远，可落梨花覆沃畴？

年杪无雪

未落梨花怎洗尘，梅无雪扮缺精神。

天公何日盈冬趣，韵酿诗情染丽春。

清明梦里（新韵）

炊烟袅袅雨纷纷，游子他乡梦故人。
何日重回桑梓里，青山绿水总消魂。

清明遣怀

青山绿水韵犹臻，遍绘花妍与柳新。
时遇丝丝牵梦雨，共君垂泪忆贤人。

农家重九

鸭鸡喂罢圃田忙，接送骄孙应露霜。
能预阴晴耕稼准，不知何日是重阳。

中国农民丰收节（新韵）

红果金波接昊天，秋分节庆尽开颜。
老农犹忆耕耘事，多少苗滋汗水间。

壬寅元日思乡（新韵）

岁首曙光寒，丛林雪未残。

天涯人寂寞，故里梦回还。

花艳山村绕，春深稻亩连。

乡愁沧海弃，竟日恋桑田。

故里年夜

浩宇闪繁星，长街似昼明。

烟花爆竹接，笑语美餐盈。

年味重相趣，春风总有情。

归根秋叶意，故里享今生。

尔今七夕缘

嫦娥栖朗月，天问火星牵。

昔叹云河隔，今呈电语连。

牛郎持北斗，织女展娇妍。

不再依鸣鹊，营桥有箭船。

注：嫦娥、天问、北斗分别指嫦娥月球探测器，天问火星探测器和北斗导航系统。

七夕感怀

织女念阿牛，情深意不羞。

泪花淋旷野，云锦锁眉头。

心盼天桥切，神期竟日悠。

尔今飞电送，北斗慰芳酬。

重阳抒怀

韶华无限好，谁可伴初终。

花绽迎丰雨，枝疏应冽风。

春秋规律演，日月古今同。

重九登高望，山枫叶染红。

重阳节观老年人广场舞比赛

舞步踏歌声，重阳妪叟情。

台前风雅现，幕后素心呈。

回首观潮落，登楼望月明。

春来新茗品，秋至赏霜英。

中秋国庆夜难眠

今宵逢两节，国庆月圆明。

菊馥轻纱透，蛩声翠草萦。

相邀驰万里，对酌至三更。

青鸟传佳话，离人寄远情。

回乡过年

红梅应序开，雪扮韵徘徊。

竹径春风引，蔬园锦绣栽。

游人归故里，佳节举觞杯。

重赏乡间月，山歌满舞台。

癸卯春节

暖冬辞旧岁，旭日照新年。

无雪滋葱翠，有梅争笑妍。

尔今游子聚，不再梦魂牵。

故里频相约，韶华绣沃田。

农民丰收节

金稻邀来雁阵翔，寒蛩唱出菊花芳。

枝弯果坠颜争色，鸭戏鱼欢悦满塘。

稼穑无人遥控趣，阴晴有道智能强。

丰收锣鼓传千里，靓女天男舞奋扬。

庚子中秋国庆同日欢

庚子中秋逢十一，菊妍桂馥九州盈。

月圆天问苍穹探，水阔蛟龙碧海行。

路畅和谐陪朔雁，山霜叶露扮枫荣。

抗洪战疫旌旗展，丰获挥锄再稼耕。

注：天问、蛟龙、和谐分别指天问号火星探测器、蛟龙号深海探测器、和谐号高铁。

癸卯春节（新韵）

疫去春来览古彭，梅开雪落饰花红。

吕梁阁展九州苑，悬水湖萦四海情。

汉韵楚风流岁月，僻乡闹市尽峥嵘。

楹联年画千番趣，物阜餐香年味浓。

"八一"雄兵颂

铁纪军营练劲兵，忠心卫国术专精。

千山共路披荆去，万水同舟逐浪行。

曾有长征锤意志，何存碍石阻前程。

神州利剑凌空展，圆梦休期四海赢。

观龙舟赛抒怀

端午湖澄风送馥，龙舟擂鼓酿情浓。

一声号子精神抖，两岸欢歌势气冲。

勤棹波划征远道，矮松巅立做新峰。

初心不忘恒坚守，汗水常浇百卉彤。

辛丑七夕（新韵）

何需喜鹊架仙桥，织女牛郎会每朝。

北斗星连书信递，视频语送手机聊。

能乘火箭奔殊境，可借天宫做爱巢。

神话千秋留厚韵，凡人逐梦悦眉梢。

如梦令·壬寅元日赏雪

曾与寒冬失约。飘舞春来吉朔。迟雪尽含情，洗净田园清廓。院落，院落，俏扮枝头梅萼。

画堂春·元宵节观灯抒怀

月圆河映闪霓虹，岸边笑语西东。稚猜迷语爹从容。情酿春风。又叹家乡离别，影孤单、怎伴妻童。经宵灯挂梓桑中，幽梦相逢。

撼庭秋·重阳同友登山

菊开情接重九，趁旭升陪友。桂香林畔，蛮歌翠下，碧溪流秀。斜阳有意，霜枫添彩，远朋今守。渐功名皆忘，山川尽赏，寄情丰厚。

相见欢·中秋梦

桂邀彩菊芬芳，月盈塘。馥透纱帘送爽、梦回乡。　　村南赏，村北赏，稻波黄。何日沃田同稼、伴儿郎。

满庭芳·端午时节

端午清风，露滋田野，麦收丰获归仓。石榴花艳，英染女贞香。蛙唱葱田竞乐，雀莺唤、寻食犹忙。凭栏想，神州共祭，忆楚杰留芳。

弘扬，擂劲鼓，欢声贯岸，舟荡清江。粽裹千秋馥，诗赋囊装。天问离骚永记，汨罗澈、寄韵轩昂。常常颂，英灵永佑，今恋好时光。

端正好·端午夜雨抒怀

离骚楚韵传千古。九州忆、夜飘思雨。碧空往昔何人去？有神话，嫦娥舞。　　长征箭极今天旅，火星探、祝融安步。中华骄子苍溟住。慰正则、同忻慕。

鹊桥仙·北斗并网联鹊桥

韶华会老，恋仙情久，织女牛郎表缀。鹊桥七夕古来呈，虽缱绻、憾难笃至。　　今联北斗，繁星牵系，朝暮恒通寄味。银河无隔具佳期，从此后，情投安易。

鹊桥仙·今日七夕

牛郎织女,银河拦挡。昔借鹊桥连畅。经宵过后意彷徨,洒泪眼、痴情相望。　　尔今充悦,长征奔放。北斗天宫俊爽。祝融玉兔作周邻,微信拨、视频和朗。

注:长征、北斗、天宫、祝融、玉兔分别为长征系列火箭、北斗导航、天宫号空间站、祝融号火星车和玉兔号登月车。

行香子·今日七夕缘

织女牛郎,银汉茫茫。旷年苍穹数星光。虽逢七夕,仙鹊桥强。叹梁难留,相观短,久无双。　　今通北斗,繁星联网,九天人间电波翔。随能执手,赏月临窗。可竟日观屏,竟日传语,竟日神昂。

喝火令·建军节抒怀

起义跟从党,长征淬炼钢。驱寇亡蒋助朝昂。维和护航鸿振,雄健远名扬。　　道路由旗领,雄鹰在奋翔。柳营兵纪筑铜墙。可晓神明,可晓贯心房。可晓三军威武,款笃卫家乡。

小重山·壬寅元夕

街少烟花亦少灯。浓云遮广宇、月难明。传输晚会有银屏。无炮响、人去罕欢声。　独自客他城。唯为衣食富、苦经营。梦中犹忆梓桑情。逗儿女、猜谜数星星。

破阵子·中秋游子思乡

荷畔栾花灿烂，溪边桂落金黄。露染枫林篱菊绽，草护寒蛩恋旭光。游人思故乡。　明月今宵高照，中秋夜梦犹长。虽有银屏传画面，无奈春来客远方。何时沃土忙。

夜游宫·丰收节望秋

万里金波泛荡。机收处、隆隆声放。归雁凌云彩秋赏。菊蕊妍，桂花馨，赤枫酿。　景令神悠漾。寄韵情、何人时想。如画田园农人创。晓物候，应节律，稼传棒。

偷声木兰花·秋丰犹盼游人归

菊花带露临金桂，莺啭蛩鸣声乐汇。霞染穿霄。峻岭霜枫分外娇。

秋丰犹引游人顾。桑梓可盈华少趣。期盼归乡，绿绣田园共举觞。

西地锦·重阳思远

寒染岭林难俏，见雁翔归道。凄风闭月，冷纱掩翠，更蛩鸣昏晓。

又遇荻花蓬杪，离绪知多少。瑶台路远，凌波浪阻，叹黄花空老。

西江月·重阳登山

夜雨声敲秋韵。晨光霁色轻风。露珠悬叶菊花红。雁字写云传信。

登高远望霜山隐。东篱采菊情浓。涧边亭上一痴翁，静赏斜阳
自奋。

阮郎归·重阳思乡

天高云淡值重阳，乘风雁阵航。崇山峻岭染轻霜。蛩鸣桂散芳。

茱萸馥，菊花黄，秋来思故乡。离愁别怨令心凉，思归欲断肠。

玉楼春·重阳感怀

世间犹恋春光好，芽翠花鲜鸣瑞鸟。序时英落复枫霜，星月常存人易老。　　升迁名利何纷扰，四季分明能洞晓。东篱观菊又重阳，赤叶满山迎夕照。

南乡子· 端午节抒怀

裹粽蒸芳。艾叶青枝佑院旁。竞渡龙舟飞棹远，歌扬。笑语欣迎好旭光。　　屈子持觞。道慰神州路不长。天问太空星际探，虽茫。佳讯频传至故乡。

苏幕遮·重阳

菊花黄，枫叶好。风景盈秋，天地何曾老。独自登高天欲晓。目断长空，雁阵声飘渺。　　夕阳红，霞染了。满地霜华，尽映重阳俏。欲把茱萸斟一笑。醉里乾坤，莫问谁年少。

山河吟赞

湖边暮色

空水映斜晖，湖天接翠微。
群鸥洲岛起，柳岸绪寻飞。

云龙山上雨后掠影

流莺声杳杳，新霁竹苍苍。
山绿一湖水，群鸥入夕阳。

登山

迎霞上秀峰，径绕几多重。
忽觉烟云破，山尖伫劲松。

夜宿山村

风泉伴月光，水竹夜生凉。
烟鸟寻栖境，游人梦远方。

游重庆组诗

南山一棵树观景台夜眺
南山一棵树，北望两江流。
满市霓虹闪，渝城夜景幽。

轻轨穿高楼
轻轨过高楼，山城妙景留。
缘何房上去？地窄出神筹。

山城步道
滚滚水东流，江边吊脚楼。
苍苍丰古韵，处处醉心游。

游微山湖

靓女坐扁舟，新荷翠后流。
远观鸥起处，碧水彩霞收。

云龙湖晨景

青山笼薄纱，碧水映荷花。

白鹭凌云上，游人沐早霞。

月夜河边

朗朗当空月，霓虹两岸明。

心波随水远，乡梦夜萦萦。

日暮山上掠影

轻烟抹麓林，红日远山沉。

赏拍溪边景，飘馨落啭禽。

投宿雪村

飞雪满孤村，梅开艳净门。

闻声迎宠犬，投宿酿乡魂。

游吕梁山风景区

青山绿水徊，四季有花开。
雅韵网红播，游人打卡来。

溪边观月

冰轮入碧塘，撩忆昔时光。
当夜低声语，今宵悦耳旁。

游云龙山

湖映山峰秀，诗吟唱大风。
难闻仙鹤唱，山寺有晨钟。

游吕梁园博园（新韵）

悬水映葱峰，一园聚众旌。
吕梁阁上忆，夫子有豪情。

夏夜游督公湖

霓虹点点入湖天，鸟语声声绿岛连。
唱晚渔歌歌不尽，游人桥上说神仙。

游微山湖荷田

芦荡青青鸥鹭起，游湖碧碧画船行。
流连翠叶丛芳处，风送欢歌载满情。

宿紫海蓝山

古村民宿引游人，满院蔷薇鸟啭频。
往日山窝谁愿至？今将僻境变东邻。

初夏游大洞山石榴园

翩翩粉蝶点榴红，朵朵黄花衬草葱。
拍得林间光影碎，枝头鸟唱满园风。

云龙山观景台秋望

观景台中赏夕霞，两湖秋水满山花。
一行鸥鹭凌云上，妪伴霜翁慢品茶。

云龙山观景台上（新韵）

伫立葱峰观景台，霞光万丈卷云排。
两湖碧水如明目，环顾群山锦绣裁。

徐州

大风一曲唱时英，汉韵千年寄素情。
谁让秀山灵水现？云龙展翅起彭城！

楚河四季

春

风裁柳绿水清幽，两岸迎春艳染头。
靓女梅妆相拍照，银屏波送盼君求。

夏

菡萏争妍映舜英，蝉歌碧树送余清。
日炎自有阴凉处，两岸渔翁钓月明。

秋

晓露晶莹桂散香，枫林楼影入河塘。
芦花漫舞翔鸥鹭，岸菊争妍傲酷霜。

冬

两岸梅花伴丽人，樟葱竹翠雪中新。
蒲丛情暖群凫护，妪叟凌寒在健身。

无名山公园

廊亭影入两澄塘，常绽鲜花步道香。
悦鸟欢声歌翠岭，无名之地却名扬。

娇山湖（新韵）

翠峰相抱嵌琼盘，鱼戏鸥翔映昊天。
曾是焦湖今显媚，花香四季扮家园。

游吕梁洪遗址

山下湖澄山果芳，红花绿柳绕村旁。

曾经夫子观洪处，今日游人赏福乡。

拉犁山名演变

癞痢缘何变拉犁？山名雅化韵犹期。

天公不负乡人愿，翠染花开演秀奇。

汉王镇三华山（新韵）

小序：1951年，汉王乡小山口村，年仅10来岁的小姑娘朱玉华、杨典华、朱桂华，带领大家在村前的湖山上植树造林，共植果树13万棵、柏树8万棵、槐树5万棵。1958年，江苏省委特把此山命名为三华山。1960年，时任团中央书记的胡耀邦来徐视察工作，接见了三位小姑娘，亲笔题词："三华年少志气高，绿化祖国逞英豪。"

数春淑女绿湖山，十万株林感地天。

从此更名三华冠，花香果硕秀家园。

观龙脊山大方寺旁古树系满红缨

周山滴翠鸟争鸣，晨露方消谷渐晴。

古寺相邻千载树，缘何上下系尘缨？

游龙脊山

张果从兹去做仙，莺歌翠树几千年。

游因只说原生态，惜正修阶为赚钱。

注：传说龙脊山是张果老升仙之地。

辛丑国庆游池州组诗

高速车上望雁

飞鸿天上自由翔，高速车行路慢长。

吾欲腾空随雁去，尽观碧水与枫霜。

牯牛降

降妖赐福牯牛来，化作山峰锦绣裁。

百姓千秋天道护，今留美景韵徘徊。

山区高速

隧道桥梁一线牵，过峰越壑似平川。

曾经徒步多天路，今坐轻车旦夕连。

石台仙寓山

仙遇石台不羡仙，心随绿水与青山。

霜枫赏罢观云海，一曲高歌返故园。

石台县永福村千年樟树

雌雄屹立接蓝天，阅尽沧桑应自然。

已伴山乡存永福，再留青翠过千年。

石台县山间古道

古道弯弯始大唐，千年足迹石磨光。

曾为茶马通商路，今供游人赏叶霜。

九华山

太白诗中命九华，慈悲地藏顾天涯。

虔诚自有神灵佑，暮暮朝朝出彩霞。

九华天池树抱石

枫杨抱石神奇绘，相伴无声应地天。

久恋春秋营日月，精华尽取续情缘。

观宝顶山石刻感怀（新韵）

岩壁天工刻万尊，形容各异总精神。

释迦孔老皆为圣，笃信皈依在个人。

注：宝顶山位于重庆市大足石刻景区。

叹宝顶山南宋未完成石刻

匠工刻佛术尤精，敌袭荒忙大撤兵。

不是上天不保佑，只缘战火毁虔诚。

注：敌袭指金兵入侵。

游天生三桥景区（新韵）

三桥天设耸云端，洞透琼帘与翠山。

神女曾听高瀑唱，游翁谷里欲为仙。

注：天生三桥景区位于重庆市武隆区。

行舟河湾

舟荡青山绿水间，絮云流韵岭峰环。

一行鸥鹭凌空起，孤叟抛竿钓暇闲。

游八泉峡组诗

注：八泉峡位于山西省长治市壶关县太行山大峡谷。

车行八泉峡

幽径蜿蜒旅雁鸣，中秋峡谷赏霜英。

清溪未及游人醉，一路欢歌景后行。

红豆峡

古来红豆寄相思，峡谷繁荣韵斗奇。

赤果映潭谁采撷，灵山秀水顺天宜。

鲲鹏岭

鲲鹏展翅岭升空，万丈悬崖绘画屏。

百转千回山水秀，一程峭壁一程惊。

玉皇阁

万米山梯一阵风，玉皇阁上望穹空。
天低雁字随云去，霜染秋枫满目红。

八泉峡

八泉峡谷九回旋，绝壁相迎一线天。
滴翠悬流霜叶送，高高岩画阔无边。

青龙谭

青龙潭水落云天，嶂谷雄高赤壁悬。
霜叶随溪弯曲去，飞鸿人字锦书传。

游西津渡抒怀

千年津度变商街，吴楚时英野径埋。
江水奔流东海去，青山依旧月萦怀。

游园博会徐州园（新韵）

水榭云廊入画屏，徐风汉韵满彭城。
楹联细品心陶醉，鸟语花香妙墨生。

秋游苏州

一（新韵）

姑苏常翠秀千年，渔火江枫雅韵传。

几度神游明月望，今逢桂露赏寒山。

二

两岸霜枫染雅情，小桥流水彩舟行。

吴侬软语歌台处，靓妹凝妆鼓乐鸣。

晨观苏州城区运河

姑苏城里运河穿，水映楼群接碧天。

鸥鹭如梭红日照，千秋航道驶轮船。

粉杏红梅一树妍

花开一树互争妍，粉杏红梅绽两边。

嫁接神留千亩景，乡村雅韵醉游仙。

注：萧县圣泉乡小王山千亩杏树上嫁接梅花，初春二月竞相开放，十分美丽。

日暮公园一隅

霓虹映露花千树，桂馥盈园月入溪。

竹畔桥头谁爱恋？闻歌妪舞叟吟诗。

秋日海边闲韵

推窗见海日初迎，移步临滩雪鹭鸣。

趁霁垂纶秋水钓，钓来渔叟白头情。

季秋登山

十月晨曦冉水东，期临岭涧赏秋枫。

而今花艳迷人眼，难拍阶前扫叶翁。

登长城抒怀

千秋明月照河山，万里长城映宇寰。

今日何须飞将在，雄鹰火箭守边关。

航拍故黄河一线水库群

小序：徐州至睢宁故黄河一线，二十世纪六七十年代修建了十几座水库，之后，逐步完善长龙式的灌溉水系，变沙滩为绿野，蔚为壮观。

中泓一线串星湖，琼润春秋稼绝殊。

谁令沙滩今古变，长龙戏水绘珍图。

过明孝陵

凌云层殿矗垣墙，地下深宫奥秘藏。

神道如能天路引，大明当应万年芳。

游濉溪古街

一道长街接古今，香盈食美酒旗临。

磨光石板春秋记，漫步东西老味寻。

游濉溪乾隆湖

接天阁畔白云游，四面澄湖荡彩舟。

治水乾隆怜百姓，尔今碑耸记春秋。

登云龙山寻古

寻迹上云龙，登坡绕柏松。

空亭无饮鹤，故寺有晨钟。

卧石盈床韵，吟碑满面容。

临泉修竹翠，书院总温恭。

云龙湖

三面青山绕，双湖一路连。

水清新雨后，气爽翠荷边。

岸柳摇风影，飞鸥伴客船。

妍花妆靓妹，白叟钓悠然。

山游

花径临溪岸，馨传野渡头。

霞光英灿灿，松影水休休。

深涧悬泉响，青峰白絮游。

凌波垂钓罢，蝶梦满扁舟。

诗友秋聚山乡

缘诗结友长，菊约赴篱旁。

谊酿三秋果，情飘五谷香。

相逢斟美酒，对酌品华章。

平仄乾坤颂，流连送夕阳。

游仙寓山

石台仙寓地，自古蕴时荣。

七彩流溪远，千秋玉谷清。

凭栏临翠色，近涧送泉声。

富氧丰硒处，人间幸福呈。

登北固楼

人登北固楼，江水向东流。

海阔千川纳，潮平百舸游。

王侯无日月，诗赋有春秋。

浪荡浮云散，风光放眼收。

龚滩古镇（新韵）

两江交汇处，三县赏鸡鸣。

廊画悬岩壁，脚楼映水中。

营商千古旺，号子尔今听。

复建临原貌，搬迁展故容。

注：重庆市酉阳县龚滩古镇位于乌江与阿蓬江交汇处，是酉阳县、彭水县和贵州省沿河县的接合部，为"千里乌江，百里画廊"的起点。始建蜀汉。2006—2009 年，配合彭水水电站建设，根据"原生态，原风貌，原材质，原形制，原工艺，原住民"和保护历史真实性的原则，将古镇整体搬迁。

雨游龚滩古镇（新韵）

滚滚乌江绿，纷纷细雨蒙。

画廊悬峭壁，白絮绕青峰。

逆水轻舟上，游人栈道行。

吊楼檐角俏，古镇韵犹浓。

再登岳阳楼

浩浩水长流，巍巍立古楼。

还归天下乐，了却世间愁。

旅梦孤帆远，渔歌一夕悠。

倚栏明月望，寄韵写春秋。

三亚邀候鸟

椰风引客魂，候鸟爱留痕。

尽赏天涯水，愉临海角门。

林深游岛屿，味美恋渔村。

心寄东风韵，归鸿脚步跟。

江湾春月夜

春来碧水平，月入大江明。

岸闪霓虹树，舟传远近笙。

离人思故里，白首恋新晴。

待到枫霜染，归乡别绪呈。

春宿江湾

桃花漂碧水，雨霁夕阳烧。

皓皓苍天月，涛涛翠岸潮。

轻舟游泽国，幻梦上云霄。

心在江湾醉，不思住丽樵。

山里赏春

瀑唱涧溟濛，花妍岸柳葱。

鱼欢丛草里，鸟啭碧林中。

钓叟迎朝旭，游人伴嫩风。

春光无限好，吾恋夕阳红。

徐州园博园吕梁阁上环眺

环山呈翠色，二水映苍穹。

园韵精工酿，诗情画意融。

入冬盈丽日，迎客展芳丛。

夫子观洪处，心愉唱大风。

福建土楼

疑为天外落飞牒，俯瞰山中出巨蘑。

依势随形迎日照，能工巧匠布星罗。

垣墙御敌风云避，室族同心岁月歌。

魂筑客家千载梦，土楼世遗韵章多。

贺第十三届中国（徐州）国际园林博览会开园

夫子观洪东逝水，吕梁福地秀灵山。

黄河故道流清韵，翠岭澄湖酿妙颜。

万紫千红花草盛，神工鬼斧世情牵。

园盈四海心相聚，醉赏交逢朗朗天。

览省级文保柳泉镇向阳渠

长龙曲折纵横连，欲引清波泽柳泉。

未润桑麻神绘画，已成文物韵伸延。

当初若有今时技，定可常滋万亩田。

闸站桥涵存语录，凌云壮志忆年年。

登云龙山抒怀

一年两度上山游，前值春暄后应秋。

芳草有情妆峻岭，闲云无意伴翔鸥。

唐人碑刻心中记，苏轼遗存脑海留。

放鹤亭边仙鹤幻，思随汉韵贯神州。

春游故黄河观光路

中泓百里碧波平，两岸鲜花竞艳荣。

蜂蝶翻飞传厚韵，妪翁授粉寄深情。

游人脉脉妍容照，白鹭悠悠结对行。

墅趣流连童快乐，邀朋挽手放鸢筝。

春夜玉泉河

清风明月价难酬，翠岸霓虹到尽头。

十里澄河天宇映，一园艳蕊馥馨悠。

蛙声悦耳心生韵，舞步娱人绪泛舟。

平仄琢磨寻自乐，逍遥随意赏溪流。

汉王镇凤来阁上赏山水

凤来阁上群山赏，满目青葱映碧天。

看将膝前临卧虎，紫金脚下有澄泉。

三华总望丁塘韵，跑马常交佛手缘。

玉带河滋丰硕果，汉王生态景怡然。

注：凤来阁，亭名；看将、卧虎、紫金、三华、丁塘、跑马、佛手皆为山名；澄泉指拔剑泉。

登大洞山访园丁（新韵）

今上徐州第一峰，洞山云顶赏泉城。

高楼别墅澄湖绕，沃野畦田碧色蒙。

漫数台阶连柏翠，周观艺圃有花红。

园丁自道七十五，乌发和言皆伫聆。

沙坡头治沙

大漠缘何变绿洲？妙营草格固荒丘。

古来细砾因风去，今日新丛遇雨留。

天令飞沙沙固翠，人征瀚海海低头。

自然生态全球誉，塞上江南锦绣酬。

游青州古城

自古九州兹位首，沧桑历尽写曾经。

一条石路连千载，十座名坊布满城。

感慨昨思清照韵，乐忧今坐范公亭。

宋槐耸立偶园望，曲径通幽不了情。

秋游西津渡北固楼

曾念经春尚得酬，了无琐事恣心游。

百家商贾西津渡，千载烟霞北固楼。

云影山光天接地，风平浪静叶呈秋。

石碑崖刻英雄记，万里长江水永流。

秋游八泉峡

金桂传馨入太行，灵山秀水染轻霜。

八泉峡谷岩屏俏，三叠深潭曲涧芳。

呆子偷观仙洗浴，鲲鹏喜伴岭飞翔。

曾经争战烽烟地，红豆今呈寄梦长。

注：1.八泉峡位于山西省长治市壶关县太行山大峡谷中段。2.诗中包含八泉峡、三叠潭、八戒峰、七仙浴、鲲鹏岭、烽火台、红豆峡等景点。

雨游乌江龚滩古镇画廊

两岸高山挂翠绸，乌江绿水送行舟。

船边细雨轻轻落，峰上烟云缓缓游。

松柏垂崖悬栈道，天人合一吊檐楼。

纤夫号子千秋唱，古镇回归古韵留。

注：龚滩古镇位于重庆市酉阳县。

登岳阳楼

昔闻今上岳阳楼，无限风光眼底收。

江汇千川归大海，湖游百舸映高秋。

拾遗诗韵襟怀阔，朱说文章世事忧。

自古洞庭连广宇，琼滋沃土总还酬。

河津九龙塔远眺

塔高远眺翠峰延，如织交通经纬连。

二水琼流秦晋润，五桥并架雾云穿。

摩崖英颂忆仁贵，王勃文呈续史迁。

鲤在龙门飞跃后，河津久酿响晴天。

长白山天池（新韵）

周岸群峰饰绿裙，一掬碧水入白云。

嫦娥妆镜含乾宇，神女临池映桂轮。

土润琼浆千载秀，山蒙翠盖每时新。

天工有意留仙境，韵满情丰酿古今。

题江湖楼

神酿石钟湖口衔，清浊水伴紫金莲。

澄波长映千秋月，晓色频临万里船。

文化非遗铭海外，风流国粹悦民间。

象山写意江楼立，古韵新声世代延。

三江源国家公园

一座冰峰落浩苍，三条动脉送琼浆。

几曾追溯源头处，当下跟踪雪域旁。

水塔渐消湖渐瘦，草原频损景频伤。

建园立制天然佑，丰润神州万载强。

谒中山陵

松柏葱枝罩草坪，群虫曲曲尽同声。
低头慢步犹尊仰，举目穷观总寄情。
浩气长存天地协，壮怀所至圣贤明。
神舟北斗航标定，巨舰推波四海行。

百花山

京郊生态百花山，势继太行余脉间。
峰谷涟漪苍翠荡，草英迤逦画图延。
龙池庙址神相续，石海冰城韵总传。
雪瀑云泉民宿傍，深情邀尔去游闲。

游老君山

栾川景引夏初行，悦伴晨曦鸟共鸣。
十里画屏云写意，一条栈道日含情。
老君赐福烟霞降，金顶流光雨露盈。
自古丹心天佑护，家人列拜极虔诚。

清平乐·游八泉峡

崖岩叠嶂，滴翠悬流淌。九曲澄溪山百丈。八泉涌，清波荡。

游云绝壁霜枫。画屏长展神工。秋日兴游泉韵，目观雁字苍穹。

减字木兰花·抗疫解封后晨游云龙湖

湖边露晓，览尽波光山色好。赏翠观英，竹径通幽听鸟鸣。

封城方解，心上烦忧今不再。余兴何酬？期得春花孕硕秋！

眼儿媚·令无人机航拍云龙湖景区

机飞遥控拍西东，鸟瞰览无穷。三山竞翠，两湖争碧，九节游龙。

景观神忆千秋事，几度颂英雄。彭铿得寿，刘邦兴汉，治水苏公。

浣溪沙·夏晨云龙湖即景

曦照微澜似画屏，两湖碧水映山清。荷塘新叶立蜻蜓。

隔岸丽人传舞曲，逐波白鹭竞歌声。健儿飞桨燕舟行。

步蟾宫·野营督公湖

曲桥绿岛榴花现。水廖廓、鹭飞鸥伴。山头巨叶耸蓝天，正飞快、迎风发电。　　欢歌笑语霓虹满。对明月、举杯思远。谁曾蝶梦野山坡，竟惹得、游人眷眷。

满庭芳·三堡女娲山伫望

伫立峰巅，倚栏送目，犹思万载时光。女娲炼石，天补德无量。曾历安营兵壮，雄略展、称帝燕王。设传驿，横连多堡，商贾久繁忙。

千秋繁盛地，今呈厚蕴，更展辉煌。道路畅，山青水绿花香。松竹梅兰竞秀，南坡下、靓丽新庄。凝神看，东原幽处，正酿满庭芳。

最高楼·登云龙山望湖

东君冉，琼露碧纱轻，云步上山亭。坡峰欢唱黄莺闹，枝头争艳海桐荣。气清馨，神飒爽，目光明。　　两湖水、映天波潋滟。岸边翠、南塘开菡萏。游船送，燕舟行。东观塔耸飘霞气，西传鸟唱尽欢声。久凭栏，神贯注，悦心盈。

冉冉云·夏晨游龙脊山

滴翠周山鸟频啭。露方消、拂风曦现。幽谷里、几许云霞初见，慢步至、芳岩寺院。　古檀千年青葱冠。系红绸、许多期盼。张果老、驾雾腾云常恋。仙境游人缱绻。

注：龙脊山位于安徽省淮北市，传说张果老由此升仙，有"三山夹一山，不出皇帝出神仙"的民谣。清代建大明寺（芳岩寺）。千年青檀、菩提等古树枝繁叶茂。

青玉案·游青州偶园

太湖奇石星罗布。漏透瘦，盈盈趣。几座佳山逶迤舞，叮咚泉水，森森竹树，曲径通幽处。　欣观福寿康宁誉。静赏楼铭赋诗句。海岱春秋知几许。明清留韵，青州传古。千载歌齐鲁。

临江仙·游徐州园博园

特色园林呈锦绣，梅亭曲径通幽。景移山间接层楼。阁中观绿野，湖里棹扁舟。　书画楹联传厚蕴，丹书飘展风流。吕梁悬水润春秋。景含无限韵，览胜悦心头。

沁园春·绿色宁夏

宁夏治沙，方略持营，妙招连连。有草围方格，芽生大漠；树栽林网，势贯荒原。集体移民，退耕禁牧，育草扶苗造翠田。经年后，竟风轻沙退，汗润葱繁。　　抬头绿水青山。鸟瞰处、纵横尽盎然。望黄河染翠，林深曲折；长龙披绿，车快平安。枸杞争红，花香果馥，生态佳名誉世间。骚人乐，咏长河落日，瀚海云烟。

一剪梅·游湖抒怀

斜日波光入画船。轻摇慢行，静拍红莲。沙洲柳翠燕双飞。靓妹情哥，笑语喧喧。　　明月澄湖助美餐。对酒当歌，犹忆华年。鬓霜拾趣写春秋。尽夕神游，一梦巫山。

水调歌头 · 乐亭流韵

栾河右岸秀，渤海敞胸膛。远洋捞捕，近水围殖似田桑。生产加工配套，地理商标昭告，快递物流长。红色英雄地，果馥苑芬芳。

海参嫩，对虾美，妙蟹黄。乡间城里，馐馔尽品意疏狂。皮影音传千古，院士书留妙语，墨客颂鱼香。欣览乐亭景，诗韵九州扬。

水调歌头·祈州古城新韵

自古称容秀，今赏卧牛城。青山环抱，滹沱河绕似游龙。雄峙九峰护国，击敌三关总要，垛口瞭详情。锁钥天工造，合北献佳精。

钟楼俏，文庙秀，耸角亭。山祠堂起，昔日书院诵童声。妍卉香居佳馔，小曲清诗快板，坊间艺传承。对酒游人醉，狮舞颂升平。

水调歌头·秋游桐庐

情萦莲城画，舟泛富春江。金秋幽境，层林陶染果芬芳。浪石金滩愉悦。天子地风意寓。严子钓竿扬。瑶琳洞瑰丽，古道韵流长。

访村落，观玉器。咏诗行。山居图美，香墨文赋话城乡。畲族迎宾欢舞。滑道飞天奇趣。新霁染霞光。欲问心何寄，景雅永民强。

临江仙·登江南长城

御敌千秋留故垒，消闲饱览城墙。昔时府治现沧桑。海山书毓秀，舟楫畅灵江。　　旷古江南传厚蕴，育才文教名扬。戚公青史谱华章。诗篇抒壮志，岁月展辉煌。

托物言志

彩菊

未绽型相似，开争七彩容。

冲天馨满苑，只在酿秋中。

秋枫

寒霜繁叶汲，酝酿染清秋。

不怨西风紧，凋零蝶梦留。

枫叶

新芽翠润滋，春夏不争奇。

一旦秋霜染，云霞映树怡。

落叶

不怨西风起，迎霜使命然。

归根情未了，新翠续生缘。

红叶

西风吻别情，霜染艳横生。
昔可题诗遇，今观美画盈。

芦花

凌霜染白头，飞絮舞深秋。
吾乃寻春境，何人在顾忧？

月桂（新韵）

金秋香馥送，花绽竞葳蕤。
月上何时种？人间岁岁归。

兰桂

花绽竞佳时，春秋各养怡。
芬芳缘本性，唯待美人期。

松

傲雪翠冬林，陪英竞雅深。

为何葱四季？缘有岁寒心。

冬菊

篱边铺锦霞，阡陌傍桑麻。

风冽香依旧，情留百姓家。

荷（新韵）

翠叶临风立，妍花带露开。

出污从不染，莲藕蕴情怀。

冬荷

虽辞夏日妆，却酿藕丝长。

待到蜻蜓立，莲开又斗芳。

莲

同根并蒂莲，今世结良缘。

红粉扮新蕊，馨风吹枕眠。

天平

肩担质量衡，砝码取公平。

若把私心放，如何测重轻？

归雁

心归越万山，一字写云间。

经纬留鸣意，千秋故里还。

鹊巢（新韵）

昔总筑林稍，浓阴掩爱巢。

今观楼耸立，塔上恋朝朝。

注：塔指输电用的杆塔。

梅花

凌寒扮雪枝，含笑展多奇。

疏影传香罢，余英染碧池。

深秋红花

妍英绿叶裁，独自应秋开。

情酿西风里，溪边写意来。

春竹魂（新韵）

破土应新春，清宵数尺伸。

顺承风暖意，蕴在壤中根。

小院桂花

万朵晒金黄，微风送妙香。

主人邀友看，对弈醉秋光。

桂冠牵牛花

凌梢喇叭劲朝阳，桂蕊层间暗逞芳。

今见软藤能绝顶，谁言攀附不张扬？

金银花

立足从无择沃贫，鸳鸯枝上绽金银。

争芳斗艳回归后，愿把疴消去献身。

榴花

万绿林间点点红，花含晨露沐南风。

春英飘落忧人叹，她正珍珠孕育中。

白玉兰

学来梨蕊浑身雪，借得桃花一缕香。

玉瓣迎春高树绽，华而不实为谁忙？

无名黄花

桃花凋后陌头开，如米金黄夜雨裁。
虽是此花开无主，知春依旧酿情来。

向日葵

依风汲露绽花黄，一片丹心向太阳。
只要予吾栖薄土，满盘饱籽奉馨香。

绿叶

养衬鲜花秋应时，新芽酝酿抢冬期。
方滋残雪消融水，便借东风染翠枝。

落叶

一

衬花营果满乾坤，零落成肥去壮根。
何想随风萧瑟去，缘为抗逆孕春魂。

二（新韵）

吐翠曾滋硕果红，凌寒染彩应西风。
常悲枝瘦飘萧去，可晓归根不了情？

蒲公英

僻境黄英映彩霞，欲擎绒伞去天涯。
乘风游览山川后，再献田园朵朵花。

荷

深埋底节藕丝长，冲出污泥着翠妆。
不羡兰馨和菊艳，莲开暑夏自芬芳。

荷塘

蛙戏澄溪碧伞秾，蜂欢蝶舞恋芙蓉。
清凉满岸游人醉，藕酿丝长底节恭。

夏荷（新韵）

为何碧叶错层旋？兄弟相依互履谦！

赢获温光经日透，蛙藏蜓立酿情缘。

残荷

一

残叶枯茎立水中，新芽酝酿可重红。

一年一度青春续，羡煞池边白首翁。

二

上呈枯叶应冬来，下有丝连健藕培。

待到春风新化雨，珠芽吐翠玉莲开。

冬梅

何惧冰寒独自芳，不劳蜂蝶续时光。

花开期把群英唤，雪化春妍笑脸藏。

菊

情接芙蕖展秀妍，欣邀玉桂傲霜天。

不招蜂蝶花丛舞，乐与鸣蛰结世缘。

楚王山唐槐

经风沐雨阅千年，朝代常更尽了然。

将相王侯何处去？新芽依旧赏蓝天！

米

沃田沐雨汲朝阳，脱去金衣粒粒香。

记得儿时稀罕物，尔今餐饭是家常。

山芋

翠叶高高茎蔓蔓，块根形俏地中藏。

今当保健珍馐品，竟是荒年救命粮。

题连体萝卜图

梁祝千秋飞蝶去，恋仙今日地中来。

夏雪冬雷虽能至，难阻心花万载开。

柳絮

一

莫怨杨花作雪飞，晓知英落应春晖。

漫天云舞今何去？命运随风适地归。

二（新韵）

无翅能飞舞满天，随风飘荡觅家园。

唯期寻到栖身地，沃土生根续叶繁。

三江源大鹰

凌空巡视傲苍天，鼠兔常擒护草原。

虽在鸟中能独霸，无人狩猎种才繁。

生肖

鼠猪莫比马牛羊，鸡兔龙蛇各自强。
猴犬何能胜老虎，平衡生态有天祥。

题蜻蜓立荷图

蜓荷热吻窃声宣，叙话河澄朗朗天。
此景犹招骚客慕，诗情画意印堂前。

归雁

凌云鸿雁瞰秋光，一路枫红菊竞芳。
振翅非为观美景，只缘故里唤儿郎。

初秋鸣蝉

知秋唤友令声扬，邀得西风送菊芳。
缱绻情留萦梦去，他年循道返家乡。

雪

嫦娥袖舞广寒宫，揉碎彤云洒昊穹，

飘落千山呈一色，梨花点点映梅红。

瀑布

天水常常落岭头，珠帘泄韵不甘休。

今生虽未层层上，却汇江河向海流。

晚霞

夕照丹辉映百川，群峰耸翠绕凝烟。

丛云妙手挥丰笔，乐把红霞绘满天。

霜花

雪舞梅开总结缘，声声寅虎福连连。

寒霜亦晓人心意，巧绘窗花庆瑞年。

雾凇

寒霰蒙蒙树结花，琼凝枝满碧无瑕。

天知菊谢英难觅，便令梅前绽万家。

烛

黑夜头燃一片明，西窗曾剪梦常萦。

芯期蜡满光持照，结得经宵不了情。

筷子

方圆一体集阴阳，贫富同仁品味忙。

闲置总能安若素，助餐不论短和长。

塑料袋

能容百物入家园，色彩缤纷且价廉。

只叹乱飘难降解，唯期替代返天然。

伞

铁骨支撑一片天，遮阳挡雨总随缘。

常于雅静柔情酿，乐扮佳人拍笑妍。

梯田

田上山梯织绮纷，一层碧绿一层云。

悯农诗赋儿时读，今晓餐中汗水殷。

青花瓷

素胚神绘炼窑来，雪映仙姿翠蕊开。

烈火千番精典鉴，青花余韵雅风裁。

风筝

雨霁平明上瑞春，燕穿翠柳百花新。

犹思乘势随风去，难舍时常牵线人。

燕子楼

盼盼痴心数夏秋，文人墨客笔难休。

黄河千载移千里，此处空余燕子楼。

燕子楼何往

一

燕子楼情愁断肠，痴人盼盼倚斜阳。

为何千古今安在，缘赋诗词续韵狂。

二

乐天一曲解风铃，犹记东坡忆逝星。

今见珠楼空院立，谁承新韵展丹青？

非洲复活草

随风滚动漫沙穿，遇水生机一瞬延。

虽历多秋希望寄，花开情寄复从然。

枇杷花

凌寒艳蕊独芬芳，馨约红梅映雪光。

尽沐春风初夏后，欣呈蜜果慰城乡。

冬日生产车间食用菌（新韵）

温光昔恋夏秋生，尔今车间酿意情。

阡陌如能棚室罩，何愁雨雪与寒风。

山泉

琼浆汩汩未停休，注满溪潭润沃畴。

总是涓涓情不尽，千年寄韵向东流。

麻雀（新韵）

生来护稼保森林，被误虽悲性乃真。

不慕飞天鸿鹄志，从然阡陌害虫擒。

柳

不晓何年根扎深，时光汲得自成林。
柔绦撩起思乡絮，竟日随风润土寻。

落花吟

红消无憾谢春光，欣育盈枝果渐黄。
今化新泥肥沃土，曾留缕缕晓昏香。

初冬梧桐

深秋又约应西风，叶落萧萧寂寞中。
冰雪总将枝干练，凤凰栖后说青葱。

桑园

红黄黑白果盈田，撩出儿时一口涎。
蚕宝唯期游客乐，植桑辛苦忆当年。

溪水

缘从天上降，奔海逐洪波。

九曲重峦绕，千寻万壑过。

春来滋径草，秋至送安歌。

信笃乾坤远，新清入碧河。

公共自行车

识卡悠然去，轮痕布满城。

春秋冬夏度，昼夜雨晴行。

环保呈新韵，身强减噪声。

常随朋友至，静默不争名。

归雁

夜雾霏霏起，晨霜脉脉悬。

鸿声歌碧水，阵影越青天。

沐雨千山过，迎风九域连。

乡书何处寄？情至大洋边。

秋蝉

秋歌经日唱，应季韵飞沉。

琼露清风颂，葱枝碧叶吟。

曾思营沃土，今恐见疏林。

何意攀高洁，无非表世心。

蝉

幼恋多年土，今宵羽化荣。

餐风高位上，饮露故园鸣。

逐日随天意，依时晓世情。

秋深歌未了，寄韵颂休平。

牵牛花

柔藤借势狂，攀附应时光。

矮树上葱杪，篱笆织绿墙。

花能随日转，芽想接天扬。

喇叭音不出，历来无果香。

寄韵花草

鲜花绿草总含情，拍罢吟诗昼夜萦。

劲竹门前悬湛露，疏梅雪里悦苍生。

春兰秋菊乾坤远，松翠荷妍日月明。

北国南疆常寄韵，高歌一曲颂长城。

青花瓷

劲揉黏土塑唯然，钴料红烧绽碧鲜。

造化神工形雅致，丹青妙手韵修延。

能逢窑变清奇酿，若遇天成旷世传。

技艺相承心静寄，频研佳品润遐年。

筷子

方圆皆具合阴阳，兄弟同心百味尝。

苦辣酸甜甘淡泊，秋冬春夏自安详。

贫家富宅从无择，盛宴分餐总是忙。

巧手剪裁魂魄负，七情六欲一身量。

注：传统筷子一般七寸六分长，代表人的七情六欲。

琴

先祖神农始刻桐，丝弦谁拨道丹衷。
伯牙流水高山响，师旷调音示意空。
天籁英声惊浩宇，悠然妙乐伴痴翁。
江河弹奏千秋曲，浚壑群峰雅韵融。

苍鹰（新韵）

独立峰头似等闲，凌空巡视傲苍天。
神眸炯炯搜临野，利爪凄凄猎远山。
本是禽中优势种，怎成世上罕稀源？
生灵有道当齐佑，维护平衡应自然。

千年银杏树

亭亭如盖立村庄，枝叶青青始大唐。
厚土含情滋雨露，高天有爱送温光。
春荣冬瘦循环应，斗转星移岁月长。
屡赏人间朝代换，心无旁骛乃云阳。

顶真六绝句·梅兰竹菊

情留峻岭与平川，绿草鲜花应自然。

送福呈祥谁最爱？梅兰竹菊颂千年。

千年傲雪新春报，疏影暗香独自俏。

蜂恋百花烂漫时，嫩芽吐翠她微笑。

微笑常怜四季光，山间绽放散芬芳。

鲜花不要添云色，剑叶由来送吉祥。

吉祥挺拔常年翠，自古为邻凡世慰。

若谷虚怀逐节高，九霄欲上观丰媚。

丰媚秋深靓景营，千姿百态伴蛩鸣。

篱边溪岸云裳舞，惹得陶公酿韵情。

韵情歌赋乾坤赞，君子妍容人世恋。

沐罢朝霞沐夕阳，秋冬春夏循无限。

一七令·花

花

绮丽，如霞。

春披艳，夏穿纱。

秋菊媲美，蜡梅秀葩。

情深开海角，意韵染天涯。

四季悦观紫翠，常年乐恋桑麻。

绿肥红廋润沃土，孕后实丰慰万家。

白雪·梅

仙姿傲雪，轻露缀、凝香粉胜铅华。传馥散馨，香熏素被，凌寒艳映红霞。秀繁葩。演娇态，韵染千家。未曾见、蝶飞蜂舞，却久酿新芽。　　倾悦胜景倚栏，凝神静享，品清茶。怅望几多思绪，无力种桑麻。虽已是、鬓霜稀发，乐自赏骄夸。赞留余韵，情萦四海无涯。

拜星月慢·北村唐槐

晓律萌芽，迎春吐翠，久仁林园情见。老干虽枯，有丛枝持演。沐风雨，总赏、春秋往复延续，叶舞花开光灿。茂越千年，令今人惊叹。

望人间、履阅王朝换。犹知晓、世态炎凉变。不惧雨打风吹，历千番雷电。敬苍天、厚土深情练。遵时序、方使乾坤现。星月拜、不慕时华，与江山久远。

注：江苏省徐州市铜山区柳泉镇北村有一株植于唐贞观年间的古槐树，树干中间干枯，但侧枝旺盛，村民都认为它有灵性。

雪花飞·望梅

墙角梅花傲雪，芬芳尽染枝头。虽是星星点点，香却盈楼。栏倚添杯酒，情酣美景收。搔首常明发少，一叶知秋。

阮郎归·银杏霜叶

西风吹染叶金黄。曾营白果芳。春来芽翠润城乡。品优入药良。

沐万雨，练千霜。子遗抗逆强。雌雄相伴映朝阳。遵规韵久长。

珍珠令·秋荷

芙蕖竞艳蓬含笑，深秋报。绿渐退、垂情输导。滋藕孕新芽，处污身自好。　待到东风吹朗照。吐新翠、蕊开重俏。重俏。四季有枯荣，莲丝缭绕。

盐角儿·竹

冬时滴绿，夏时滴绿。常年葱郁。盈情在节，盈情在叶，月星观瞩。伴青松，临飞瀑。凌寒总和梅花睦。岁三友、平平淡淡，犹惠世间丰福。

水仙子·柳絮

随风漫舞去天涯，何处情深是我家？时逢雨落临初夏。林园已谢花。　安身又吐新芽。莺啼绦翠，溪澄影斜。韵伴桑麻。

摘得新·同树梅花红粉映

嫁杏梅，知春映旭辉。粉红同树绽，竞葳蕤。天工有意绘几度，韵横飞。

章台柳·燕

房檐盼，今重现，筑垒衔泥频往返。　　妙啭声中绿柳穿，主人心悦桑麻恋。

霜天晓角·残菊

冬来凝冽，一夜黄花折。蕊恋馨留枝上，形虽瘦、魂未歇。
今别，情怎别，忆竞艳高彻。总与溪边金桂，丰妍映、水中月。

卜算子·红叶

众岭渐染秋。万里西风动。今倚高楼望碧空，又目断、归鸿梦。
思曾流水共。红叶题诗懂。犹盼同观篱畔花，再尽赏、江南弄。

梦行云·观荷有怀

瑞莲染葱表。迎曦照。临啭鸟。微风吹拂，翠盘琼珠跑。树阴亭榭凉如洗，清歌声缭绕。　　忆曾相见，娇羞微笑，低头问，何处好。荷边舟指，棹划影娇俏。别来几度经新草，梦魂飞杳杳。

人生感悟

自愉（新韵）

经宵梦总甜，荤素不择餐。

早把功名忘，吟诗顺自然。

诗情传厚韵

江河沧海去，禾稼绣神州。

月映乾坤韵，诗情万古留。

习静

万物皆存序，春秋各有情。

静心观闹市，雅韵自流行。

寄君

怀君夜未眠，尔应望苍天。

自别家乡后，几回明月圆？

听王亚平神 13 出舱感言

承诺摘星星，苍穹半载经。
出舱良好语，说与女儿听。

读史感怀

山河盈胜景，简牍记春秋。
月照沧桑变，王侯几个留？

枯草遇春风

枯草应春风，檐巢稚闹中。
桨勤征万里，老骥奋蹄匆。

发微信

人行千里外，思念一屏盈。
挥手轻敲键，飞波载别情。

宽慰

美梦不常在，花飘顺水流。

人生终会老，何必觅烦愁。

悟

海可纳千川，高鹰赏碧天。

人如无侈欲，世事有怡然。

学诗词感悟（新韵）

春来花自绽，秋至果馨盈。

只要功夫到，诗文韵可丰。

感怀（新韵）

明月照千秋，长风永不休。

今行八万里，身未上层楼。

遣怀

抬头志向明，俯首印踪清。
忘却功名后，随时有悦声。

感悟

一

云开风雨过，春到百花鲜。
人历非常事，心方会淡然。

二

花落待重开，青春不再来。
余辉尤可赏，霞染韵徘徊。

初春游河

芦絮舞婆娑，群凫戏碧河。
迎阳梅绽处，霜叟钓清波。

望珠峰

赏雪望珠峰，千秋令肃恭。
犹期凌顶瞰，万里韵连胸。

望月抒怀

明月照霜翁，乾坤有雨风。
千秋沧海变，未变日西东。

望新月

新月似扁舟，谁摇碧海游？
乘风吾欲上，飞桨入琼楼。

望月思远

千金君易得，真笃实难求。
望月情思远，神飞四海游。

月夜遐思

翠岸散馨香，澄湖映月光。
天河仙境羡，织女恋牛郎。

月夜（新韵）

碧水浴清蟾，三更梦未连。
神随明月下，云雨至巫山。

醉赏夕阳奇

云絮霞光照，青山相映怡。
霜翁诗韵酿，醉赏夕阳奇。

退休生活

梦里去天涯，登高赏晚霞。
田园常寄韵，品茗享年华。

慈善颂

善似隆冬炭，慈为久旱霖。

力行无早晚，奉献慰人心。

获奖感怀

室外寒风起，心中酿暖阳。

缘非新霁后，慈善得昭彰。

寄诗友

近水知鱼性，登山识鸟音。

皆言诗韵远，谁晓苦中寻。

观无人机耕地

欣观沃土耕，机上没人擎。

北斗波遥控，韶华术业精。

春观雁阵

振翅归心切，犁云北国遥。
长征头雁领，人字写春朝。

思径

临山攀曲径，面水荡轻舟。
虽有千峰隔，云波万里游。

逐梦

巡洋驶巨船，风顺正扬帆。
北斗航标定，推波逐梦圆。

望山寺

苍苍山寺隐，杳杳晓钟鸣。
白鹭升飞处，闲云抹翠行。

闲吟

意空总有万重山，行笃方能破巨艰。

若是心头无阻碍，一峰越过一峰攀。

秋钓

一宵重露染枫绯，万里长风送雁归。

白首临溪芦絮伴，竿抛碧水赏斜晖。

闲心观景

心爽时缘霁色临，鲜花翠草酿芳芬。

诗成富贵如尘土，画就功名似雨云。

梦境

朝应曦升晚沐霞，春兰秋菊伴桑麻。

尔今总梦儿时地，点点梅开落雪花。

梦乡

春别妻儿夜梦频，数星数到雪循循。
君传明月家山照，语短情长景醉人。

抒怀（新韵）

温情一句三冬暖，恶语只声九夏寒。
胸阔期容沧海水，人生犹盼尽春天。

感怀

关虽难过终能过，事似无情总有情。
胸若能容沧海阔，可凭棹楫逐波行。

感悟

命由心造当勤奋，福自吾求应致诚。
汗水常浇丰果酿，浮名不要醉人生。

心中牧歌

心随迁徙牧群羊，绿草流云洒旭光。

对酒当歌明月照，身边君伴醉何妨。

忆童年

蜻蜓飞舞菊花前，蕃果红红映碧天。

犹忆对歌牛背上，尔今常会梦乡连。

自遣

时光冉冉千山照，江水滔滔万古流。

谁见浮云长蔽日，人生苦短莫烦忧。

悔

簧门折柳路迢迢，流水常东岁月漂。

只叹昔无微信发，霜丝今见悔朝朝。

忆当年迎考

读罢高中伴稼禾，面临黄土未蹉跎。

当年防震茅棚里，灯暗经宵逐梦多。

邂逅童伴

回乡车上细声询，道姓称名眼有神。

互说沧桑心未老，桥头对酌返童真。

雨后闲吟

阳光总在风云后，雨露频经草木荣。

霜鬓缘何诗梦做，曾除坎坷屡兼程。

新年感怀

长江滚滚东流水，送走秋光映绿阴。

总见百花遵序放，韶华易逝莫惊心。

闲吟

人面桃花脑海中，常思离别那时红。

倚栏酌酒青天问，霜鬓还能得惠风？

秋夜忧思（新韵）

倚枕愁来夜未眠，昨闻公告又核酸。

犹期医圣及时雨，洗尽尘嚣鹤梦连。

见花落随感

花开几日失新鲜，竟惹忧人自闵怜。

红瘦绿肥犹顺道，凋零在酿翌春缘。

赏花

日照西山水向东，观英靓妹逐馨风。

鲜花满岸由君赏，拟爱深红或浅红？

无题

碧海无波不见人，瑶台有路骏难巡。

神仙虽享千年寿，亦像凡间盼再春。

学诗乐

春写桃花夏颂荷，霜枫咏罢雪梅歌。

虽无李杜风骚句，寄韵乡翁蝶梦多。

诗情

一

竹篱赏菊陶潜慕，太白神邀上九天。

乐饮东坡明月酒，心随子美世间怜。

二

忙闲皆累总神怡，前为生存后为诗。

欲写乾坤情不尽，目游书卷笔难离。

三

酸甜苦辣品人生，春夏秋冬不了情。
举目杯邀千古月，山歌水调韵丰盈。

读诗遣怀

千江水映千秋月，万里云游万世天。
莫问孙刘何所去，功名了却自心安。

花甲寄韵

归田寄韵一闲人，四季欣观耳目新。
老骥奋蹄寻适道，东篱赏菊胜韶春。

学诗感怀

诗苑迎春百卉开，勤蜂展翅采花来。
若无千岭群芳赏，怎酿甘甜雅韵裁。

咏美女

沉鱼落雁恋时英，闭月羞花世代更。

千古佳人难数尽，只为家国显真情。

梦梅

闲宵惊遇罗浮梦，雪压枝头艳朵开。

疏影萦窗魂魄绕，暗香又送上瑶台。

盼归

孩童放学赏清秋，叶落回溪碧水流。

总盼双亲回故里，无需每日等村头。

送别

晚风拂柳路长延，别梦依稀夜未眠。

海角天涯君所去，吾斟老酒伴琴弦。

打工仔辞乡

红梅翠柳染山村，无奈离乡欲断魂。

拜别双亲征路上，妻儿挥手犬长跟。

望月

萧骚白发欲难平，思坐飞船向月行。

诚约吴刚斟桂酒，嫦娥舞袖玉盘明。

痴翁月下吟

悦伴银屏望月宫，孤灯相对笑痴翁。

莫言醉语无人晓，键入云端一点通。

望月抒怀

月圆月缺古今同，花落花开四季风。

将相王侯谁可见？一江春水向流东！

临碣石观海遣怀

海生明月千山亮，潮起晨曦万里红。
今古东临雄略比，曹公咏罢赞毛公。

当选慈善会副会长感怀

古来人逐美名扬，吾羡荣膺不首昂。
当选非为平日愿，缘和慈善结情长。

晨雁南飞

峰消晨雾白云升，霜叶如花涧水澄。
鸿雁南飞神寄韵，蓝天人字写冲凝。

雁归

秋水如诗不染尘，霜天一色净凡神。
凌空归雁声声唱，北国南疆慢慢巡。

有感异常气候

雪山泪化北冰洋，洪水高温又旱荒。

谁惹天公今盛怒？不遵规律怎寻常！

秋韵

云波山影棹扁舟，碧水霜枫韵自流。

临榭谁弹琴瑟曲，余音袅袅绕金秋。

观紫薇花抒怀（新韵）

应序花能百日红，夏来绽放沐秋风。

不和众卉争春色，万绿层间展艳容。

除夕感怀

离家望月几多秋，辞岁游人独倚楼。

盛宴缘何滋味少，当知有味是乡愁。

寄韵写春秋

沃野绣神州，江河水总流。

千山存俊逸，万壑显清幽。

兴起乾坤绕，勤劳岁月酬。

冰轮常寄韵，诗赋写春秋。

白首忧春短

园林花艳艳，湖岸柳依依。

靓女邀郎去，顽童摘杏归。

方听莺并语，又赏燕双飞。

白首忧春短，犹期享素晖。

闲吟

一

糖尿患经年，萦心竟日牵。

遵医恒服药，锻炼久连天。

律守循环道，神趋梦蝶缘。

不求扁鹊术，生命应从然。

二（新韵）

何言今日晚，总在翌晨前。

积步行千里，恒翔越万山。

韶华应努力，白首莫安闲。

手可摘星月，舟游远海蓝。

忆七七年高考

簧门复择生，身已瘠田耕。

夜读油灯伴，晨耕树汉行。

学荒无底蕴，志笃有坚贞。

勤棹游穷海，昭时任纵横。

忆雪日捉鸟

隆冬欣雪霁，扫院吊箩筐。

谷粒庭间诱，机关树后藏。

凝神观鸟道，擒捉悦儿郎。

童趣常萦梦，何时返故乡。

自遣

愉冬亦乐春，白首自由人。
雪下陪三友，棋前约四邻。
诗书明月伴，山水故乡亲。
常满杯中酒，勤思耳目新。

悟道

谷满总低头，泉清水久流。
耕耘存节序，进退有春秋。
褒贬乾坤远，风云日月幽。
征知心广阔，天地入扁舟。

绪伴泉流（新韵）

汩汩水清清，千年涌不停。
过溪歌阵阵，入海浪层层。
今古乾坤大，春秋日月明。
风云常变幻，暮去旭东升。

学诗遣怀

一

痴迷平仄已经年，唐宋诗词记百篇。

梦绕故乡梅与柳，心随明月缺和圆。

只歌山水只吟雪，不论功名不为钱。

柯烂篱边谁寄韵？东坡邀友赏婵娟。

二

学诗略懂千番韵，作对才分半日闲。

海角天涯常得意，功名利禄不相关。

神随细雨滋田野，心赏斜阳照宇寰。

青鸟频来传喜讯，瑶台梦里泪长潸。

三

尚觉凡尘没有凉，晚风亦胜晓风飏。

新花绽放盈春色，枯叶飘零酿果芳。

大海能容千载水，老翁何惧几宵霜。

浮生难得神倾注，寄韵从来念故乡。

花甲学诗感悟

已阅沧桑六十年，回眸好像瞬时连。
月圆月缺循规律，花落花开应自然。
寄韵春秋田野赏，愉吟雅颂世情宣。
鬓虽霜染童心在，下写平民上敬天。

老人应有时代感

霜鬓应求时代感，春风杨柳尽情牵。
抖音微信红包送，快手唱吧歌舞连。
扑克象棋常对弈，唐诗宋韵总高旋。
凝妆便是心清爽，赏露观花日月延。

北国与南方

吾总凌寒赏北疆，君临碧水恋南方。
围炉温酒真情敬，踏雪寻梅逸兴扬。
丝雨和风春永驻，观花看海韵悠长。
心中如若乾坤在，万里山河有旭光。

参加 "雪中送炭·情满铜山" 募捐活动感怀

八万爱心帮急难，数天三百万元呈。

清风彩菊馨香送，玉露朝霞荏苒生。

善举何分先与后，慈行不为利和名。

人间总有祥光照，春夏秋冬各寄情。

自遣

细雨纷纷润面容，东风煦煦满襟胸。

闲来乐钓陪明月，清坐鲜花伴老慵。

叩韵常斟青鸟酒，梦思犹怕玉楼钟。

方田旧宅春秋恋，辞别喧嚣做菜农。

诗情

一

一曲离骚素韵传，东篱赏菊慕陶然。

欣同太白邀明月，悦伴苏公问昊天。

书画相融山水寄，国民皆顾古今牵。

微观宇宙存情趣，春夏秋冬恋雅弦。

二

乐上文坛觅洁纯，闲来欹案寄冲真。

灯明更慕萤光志，网畅犹存立雪人。

欲借唐诗风与月，期求宋赋韵和神。

青山绿水常为伴，花草田园总可亲。

人生感悟

少年艰苦曾磨炼，荒学欣逢复考时。

沐雨经风基础筑，创新改革栋梁为。

神游沧海传青鸟，梦寐瑶台舞凤池。

盛世犹思光永照，夕阳霞染韵余奇。

获奖抒怀（新韵）

初心使命唤吾归，白叟欣然映晚晖。

墨写金秋思路理，汗浇沃土稼苗培。

曾帮机构增春色，亦让园区获口碑。

得奖非为情所至，旌来亦酿韵纷飞。

梦

为消旧怨与新愁，梦眺苍穹又九州。

神注行云飘万里，目观明月照千秋。

浮云总伴乾坤去，惬意常随淡泊留。

将相王侯何处在？人生短暂莫思忧。

退职回首

离职十载未清闲，奋力勤耕在沃田。

筹募倾心贫弱济，尽规作记志书编。

基层党建曾深入，诗社文集总细研。

寄韵春秋留墨迹，江河岭岳任情牵。

笃情（通韵）

巫山云雨古今期，梁祝蝶飞世上知。

叶摆风来根不动，波推船走岸难移。

快刀怎把藕丝断，神斧何能水浪劈。

海角天涯明月照，冰心一片总修持。

遣怀

竟日寄情山水秀，总吟冬夏与春秋。

悬绳引上攀登者，勤棹飞离远渡舟。

博览云开犹捷径，常怀希望有层楼。

律从心净乾坤大，旷达清明韵自流。

抄股

拨云听雨意萦萦，信息闲来目总盯。

探律春秋寻节序，观波起落预阴晴。

绿肥红瘦乾坤转，谷矮峰高日月明。

自古投机无远道，方舟勤棹可长行。

镇江博士夫妇回乡打造现代农业（新韵）

改行博士种良田，施展雄才万亩间。

手把银屏南北布，波摇机器纵横连。

苗情风雨随知晓，治病防虫尽了然。

智慧频出生产力，精英意寄绣家园。

劝募感怀

参天大树浓阴罩，绿色盈园碧气营。

旭日常存难及意，冷风尚有奈何行。

逢灾遇祸留孤影，惨变冬寒叹一声。

慷慨送玫援手馥，随心自酿爱和情。

扬清

千秋河岳韵流长，浩气盈盈势奋扬。

翠竹临风知劲节，红梅映雪送幽芳。

泉清涤浊常年涌，玉璧无瑕满室光。

自古冰心青史鉴，高悬明镜剑锋凉。

癸卯九月种蒜（新韵）

耕土风吹易跑墒，曦升抢种送斜阳。

一把四垄豁沟累，双手匀分布蒜忙。

轧壤平畦喷草药，履膜保水聚温光。

身疲怎奈播期短，犹盼农机早下乡。

青门饮·今生无悔

饥乏成长,少时艰苦,孩童旷学,世涂思考。幸遇高招,夜灯陪伴,离薄地农门跳。三载寒窗苦,筑基牢、前程昭晓。履岗勤奋,凝神阔步,欣迎秋好。　　霜染鬓毛稀少。举杯返顾,情怀萦绕。历见沧桑,宛如千载,今世尽观云渺。若问牵情处,愿斜阳,染霞常照。太平盛世长存,日月轮回难老!

忆江南·平淡人生组词

一

韶华忆,高校复招年。连届书生齐发奋,孤舟单棹倍辛艰。三载读书欢。　　岗位上,阔步勇登攀。专业论文常发表,咏吟歌赋未曾牵。平淡返家园。

二

晨曦冉,村郭映霞光。归燕呢喃歌对对,黄鹂穿柳影双双。桃李送芬芳。　　农舍里,幼稚染鹅黄。金桂新栽芽滴翠,故居重饰韵飞扬。心悦慰萱堂。

三

田园里，瓜果送馨香。韭菜青葱悬宝露，番茄红艳映朝阳。儿女谢高堂。　　山谷秀，树杪透斜阳。葱岭连环云雾绕，碧溪弯曲野花芳。啾耳鸟歌祥。

四

斜阳赏，云絮染红霞。常叹秋霜欺晚菊，犹思春水煮新茶。心远寄天涯。　　留美梦，永久在农家。常忆儿时生活苦，不悲今日鬓毛花。诗酒话桑麻。

更漏子·自遣

赏清溪，观岸柳。绕岭碧云行走。忆往昔，水东流。辉煌几个秋？
倚栏杆，凝目久。列阵雁归依旧。无抱憾，少闲愁。缘非今白头。

昭君怨·观银杏叶落

叶着寒霜有意，金染幽蹊一地。果满坠枝弯，恋秋天。
春趁花妍芽嫩，夏竞葳蕤留韵。凋落映西风，战严冬。

浣溪沙·恋斜阳

莫道鲜花厌老人，韶华未必惜芳春。尤期丽日不西巡。

兴入斜阳霞灿灿，闲观远翠雨纷纷。霜枫赏罢恋金樽。

武陵春·忆儿时环境

犹记天蓝河水碧，夜朗数繁星。雨霁霞光分外明，屡见彩虹升。

期盼田园无垢染，果菜味纯清。愿复山泉品质精，岭竞翠、自然荣。

临江仙·莫再锁眉头

自古人言离别苦，情思总酿春秋。长江永世水东流。海能行巨舰，可载许多愁。   心至文坛常寄韵，箫声曾在秦楼。观云赏雨乐回眸。功名若淡泊，何要锁眉头。

喜春来·慕年华

新苗莘莘东风嫁，莺语声声闹树桠。   鬓霜犹恋品新茶。问夕霞，谁不慕年华？

破阵子·慈善颂

自愿雪中送炭，丹心善举温情。万众拾柴星火聚，困境人群希望生。予攻香馥盈。　　奉献不分先后，义工资助皆行。我为人人携手乐，社会和谐得太宁。全民美德承。

行香子·观杏花抒怀

蕾应春融，花放娇妍。见序时抢在桃前。经风沐雨，果奉林间。总芽新孕，英新艳，实新繁。　　本真草木，情由人酿，有古来冠杏林坛。文人诗赋，逸趣情缘。道出墙来，枝头闯，抢春先。

江城子·鬓霜总萦青春梦

少年意气至今狂，鬓虽霜，老来忙。一枕清风、幽梦到山乡。诗韵田园传靓景，难写尽，好时光。　　江南春色染池塘，柳丝黄，卉芬芳。紫燕呢喃，竟日恋新阳。春去秋来循大道，山不老，水流长。

闲咏杂讴

闲吟

寄韵觅知音，余生一片心。

文章千古事，自乐酒常斟。

留守妇春思

花空响杜鹃，雨霁柳飞绵。

微信和君说，犹期伴种田。

夜雨惊梦

夜雨梦初惊，巫山语未明。

坐听天泣泪，思绪总难平。

梦

馨传蝶梦萦，夜静送鼾声。

弯月窗前问，君含几许情？

望弯月（新韵）

张弓上下弦，缺后总能圆。
游子春秋望，犹期故里观。

对月

明月挂当头，何时照古秋？
将来人若问，道我志难酬。

望月

万古照乾坤，千秋惹客魂。
山人离月远，谁与共金樽？

望海（新韵）

面海浪无形，临风树有声。
凭栏千里想，故土月犹明。

登峰（新韵）

步下千层翠，崖垂百丈帘。

临峰襟廖阔，送目赏霏烟。

山行

寻馨曲径行，移步赏新英。

翠岭悬帘瀑。幽林鸟踏鸣，

旅游山中堵车

天上白云游，山中路汇流。

本来观美景，车阻令人愁。

神舟十二回家

三月天宫住，如期返地球。

英雄何日去？吾欲坐神舟。

谢诗友为《寄韵春秋》诗词集付梓赠贺

情深难道谢，寄韵在毫端。

续写春秋事，心呈笃厚缘。

观 2022 年慈善捐款统计感怀（新韵）

一份爱心捐，三冬雪不寒。

慈行天洞晓，践诺佑平安。

夏夜河边遐思（新韵）

月满一河水，风盈两岸馨。

凌波思绪远，云雨几时巡。

犹记绿罗裙（新韵）

雪舞欲迎春，天涯倦旅人。

每观芳草色，总记绿罗裙。

醉汉（新韵）

举杯逸兴显神奇，酒吐门前雪地眯。

手碰食残方醉犬，笑它怕冷盖皮衣。

襟怀

花草枯荣总做邻，月圆月缺伴星辰。

高山流水知音赏，逸趣常萦满目春。

月圆花好人两地

翠盖红裳并蒂莲，鸳鸯戏水悦声传。

双双对对犹希慕，月照离人热泪涟。

望月

一轮朗月照千山，同赏清光万里间。

犹盼嫦娥舒广袖，心波共振瞬时还。

月下

月亮弯弯上小桥，桥边碧水映云霄。

轻歌一曲霓虹处，谁与红颜画舸摇？

雄螳螂献身有怀（新韵）

何故捐躯竟毅然？因将后代永相传。

生灵顺应乾坤道，父爱从来似泰山。

飞机上观云海

雪山逶迤接天涯，下沐田园上映霞。

意欲耕耘兹净地，犁开经纬种梅花。

早行

窗外枝头鸟竞鸣，应邀早出苑边行。

牵牛带露朝吾道，沃野农人已稼耕。

宠犬陪空巢老人

经宵机警守房门，总在田间左右跟。
可晓主人常对语，明天哥姐要回村。

老叟学网购

银屏扫码瞬间通，叟赶时髦学上工。
快递小哥声悦耳，五湖四海送家中。

初次手机购物

虚拟屏间货可真？心疑欲试付工薪。
物流信息常关注，快递声宏品洁纯。

刷抖音

谁让乘闲玩抖音？宛如久旱遇甘霖。
若将经典连光影，吾愿屏间赏瑟琴。

直播间购物

总怨时珍隔远川，亦曾梦驾去偿鲜。
尔今直播能邮寄，美味平常可结缘。

壬寅清明前做抗疫志愿者

封城闭户阻源流，动态清零誓不休。
万众齐心时疫灭，花妍鸟悦复悠悠。

居家抗疫解封前夜

凭栏观月数星光，漫记鸡鸣夜未央。
只待曦升溪畔去，细听鸟啭拍芬芳。

邻里互助有感

小区管理大家为，邻里和谐总展眉。
利己利人公益事，谁能愿做缩头龟！

梦荷田

馨风落梦醉荷田，慢棹轻声妹采莲。

忽起帅哥高亢曲，舟停四顾悦盈船。

贺北京冬奥会开幕

一城双奥展昌雄，崛起神州大国风。

生态优良参赛处，敦敦乐伴雪容融。

迟雪飞报得首金

牛冬羞怯虎春回，旱了禾苗错了梅。

迟雪飞传冬奥事，健儿短道得金杯。

欣接寅虎

勤牛劲唱山河美，逸虎欣迎日月新。

祈愿祥云常霈泽，举杯邀兔酒清醇。

新年有约

金牛发奋辞祥岁，玉虎生威接瑞年。

飞雪邀开梅几朵，约吾迎燕植桑田。

有感儿童迷恋电竞游戏

电竞神游昼夜忙，几多冷静几多狂。

是谁滥用经营道，惹得孩童学业荒。

辛丑重阳节老年广场舞大赛

山歌总伴舞蹁跹，曲曲悠扬韵接连。

香馥花妍如桂菊，金秋情寄夕阳缘。

见过度卖地开发有感

一

乾坤万物有因缘，生态平衡顺自然。

谁把子孙衣食抢，功名得罢问苍天。

二

高楼大厦耸城乡，广袤平原百草黄。

不是农民嫌谷贱，指标已购待经商。

北斗三号运营感怀

北斗星繁浩宇连，银河虽隔视频传。

不烦仙鹊云桥筑，织女牛郎乐九天。

观北斗导航无人机耕地

莺飞草长柳芽新，机器轰鸣未见人。

北斗巡航精准走，一犁沃土一犁春。

贺火星探测器"天问一号"升空

天问千年竟日鸣，尔今飞箭勇长征。

火星此去幽深探，数据频传颂隽英。

贺"天问一号"成功登陆火星（新韵）

火星天问尔今临，亿里祝融传画频。
友至吴刚斟桂酒，嫦娥广宇伴家人。

贺嫦娥五号月球采样回来

携梦巡航采样回，嫦娥舞袖送情来。
千年天问如今应，寂寞吴刚举酒杯。

贺天和核心舱入轨巡航

天和宫殿太空巡，舱载神州智慧人。
常拍嫦娥舒广袖，随传影像与音频。

在 2020 年"99 公益日"活动总结会上即兴

募捐庚子韵霜天，众奉慈心位列前。
总结提高谋善事，唯期辛丑续情缘。

夏夜溪边载酒行

径绕澄溪载酒行，荷风满岸月东明。

桥头舞乐初消醉，蛙鼓频传解酒声。

参加"99公益日活动"总结表彰会感怀

全民慈善氛围酿，病弱寒门有笑容。

月缺月圆天作主，雪中送炭退严冬。

参加"第二届江苏慈善论坛"演讲感怀

小序：2020年12月2日，在"第二届江苏慈善论坛"上，作者和腾讯基金、江苏省慈善总会、南京大学、江苏省社科院的五位专家学者作了演讲，特以诗记之。

慈善江苏举论坛，专家学者尽开言。

吾传经验平台上，网募高峰奋勇攀。

注：网募指网上募捐。

观2022年"99公益日"铜山捐款结果有怀

十万人捐三百万，慈行善举悦心间。

若能个个皆呈爱，弱势无须怕雪天。

支教老师

情恋边区三尺台，杏林育出嫩花开。

群峰长望春秋盼，雏雁高飞万里回。

参加产业工人队伍建设改革培训班随笔

产业工人党领航，忠心赤胆铸辉煌。

曾经振臂锤头举，今待先锋固本强。

调血糖感怀

不爱甜食未恋杯，健身十载沐朝晖。

为何罹患高糖病？只有天知是与非！

橘子洲头念伟人

橘子洲头念伟人，湘江总咏沁园春。

百年奋斗今圆梦，北斗航标驶巨轮。

乘高铁去长沙

早别彭城一路花，和谐晌午至长沙。

昔愁多日辛劳道，今可悠然慢品茶。

注：和谐指和谐号列车。

致生态环境保护者

截污堵漏阻排烟，障碍清除策略全。

若保千峰今吐翠，儿孙久可享晴天。

生态江苏

太湖洪泽荡清波，秀岭葱山映碧河。

生态文明桑梓地，凤凰栖息鹤欢歌。

村河变污有感

离别家乡卅载多，犹思村畔那条河。

儿时清澈撩人醉，何故今难荡碧波？

赞守土卫士（新韵）

护土精忠克万难，碧波千里悦心田。

若能红线长严守，方保儿孙永世安。

注：红线指坚守 18 亿亩耕地。

环卫工人（新韵）

扫出晨曦扫月明，长街短巷尽清清。

勤劳茧手春秋伴，谁让橙衫着妪翁？

随感

莫让功名累折腰，千山万水路条条。

归途不论贫和富，一把青烟上九霄。

忆（新韵）

鬓霜常忆赤诚心，红豆曾留梦里人。

每见窗边弯月挂，总撩潮荡寄情深。

闲情

总想闲情逸致酬，奈何琐事伴春秋。

尔今淡却名和利，任拍千山与百流。

心存时代感

心随时代未彷徨，微信银屏画语长。

忘却旧年陈谷事，登山临水赏斜阳。

写诗感怀

薄砖总砌楼高耸，寸步勤量路远征。

平仄琢磨无限趣，春秋兴寄夕阳情。

夕阳照我赋诗真

繁华事散逐香尘，冬去雪融滋卉新。

斑鬓常歌山水调，夕阳照我赋诗真。

花无百日红——赠某君（新韵）

知春万物映东风，花绽何能百日红。

虽引蜂欢蝶乱舞，冬来却显涧边松。

贺汉王诗社成立（新韵）

拔剑泉澄润翠田，汉王雅境馥馨传。

群英荟萃盈情愫，玉带流诗韵满山。

注：玉带指玉带河。

贺邵琳获邓州全国《红楼梦》诗词大赛二等奖

华夏贤才汇邓州，红楼诗赋咏春秋。

邵琳一展英雄气，口吐莲花得眷酬。

贺《五载前行》首发

五载前行集丽章，歌山颂水激情扬。

群英再寄春秋韵，携手同舟永续航。

有感商务部通知家庭储备生活物资（新韵）

越冬常会储萝卜，文件通知误解多。
虽是自身责任履，言词当应再斟酌。

壬寅年初五夜铜山区地震

谁把廊灯一瞬摇，震情通报解心焦。
天灾难测人防御，莫信传言警逐朝。

观树驮桥感怀

桥树相驮势有魂，连衡水上应乾坤。
无容不立天公道，和合终能绝境存。

有感异常气候

雪山泪化北冰洋，洪水高温又旱荒。
谁惹天公今盛怒？不遵规律怎寻常！

春恋

柳丝袅袅日融融，应序花开一树红。
春水新茶煎不够，与君论道古今同。

望月怀远

春山秋水两茫茫，游子离愁欲断肠。
心寄长风千里远，已随明月至家乡。

花开逐梦

咫尺天涯梦里云，几番犹记绿罗裙。
莺歌新翠亭边柳，又见花妍未见君。

平衡

鸟虫草木共长天，万物相承应自然。
汰劣存优皆有序，衰枝枯叶亦情连。

秋日抒怀

每至秋深叶落空，琼霜彩菊伴红枫。

今将倦笔禅心寄，月有清诗酝酿中。

农夫吟

薄田几亩汗常流，数罢星星种日头。

终把儿孙拉扯大，身居老屋慕高楼。

自嘲

名利随风上九天，常消忧虑自从然。

平生乐逐盟鸥趣，不惧惊雷听雨眠。

观麦田铺红毯有感

西装革履拍逍遥，脚下葱波一瞬消。

若是袁公来测产，何存红毯扮田娇。

写诗有怀

诗意自然多，平平仄仄磨。

山河书岁月，花草舞婆娑。

随记春秋事，常听今古歌。

万般辛苦后，韵里有清波。

闲吟

闲来韵琢磨，兴寄写山河。

晨鸟迎红日，烟霞映碧波。

花开阡陌秀，雨落水泉多。

四季怡心性，田园盛世歌。

因疫情就地过年

梅开满院芳，河柳泛鹅黄。

游子迎佳节，孤舟锁异乡。

难陪儿与女，怎见爹和娘。

无奈传微信，观屏泪湿裳。

奎河新貌

曾经浊水稠，今赏碧波流。

翠岸红花绽，长河白鹭游。

溪桥通曲径，钓叟坐扁舟。

日暮闲庭步，霓虹闪尽头。

注：奎河原为徐州市南郊的排污河，生态治理后，成为居民的观光河。

遐思

雷震蛰虫鸣，霜翁忆旅程。

逆流航巨舰，峻顶赏苍鹰。

长啸千山响，持飞万里征。

心潮波浪滚，酿韵寄春情。

揽月捉鳖慰英烈

华夏驶红船，英灵慰九泉。

蛟龙深海去，天问火星连。

昔日留神话，今人正梦圆。

振兴担使命，探索有才贤。

参加慈善活动抒怀

月缺月重圆，人生应顺天。

风云何有道，灾祸不期悬。

送炭消冰雪，留香拨素弦。

慈行多积德，善举爱无边。

参加"雪中送炭·情满铜山"活动感怀

雪中常送炭，冬里暖心魂。

每愿红玫寄，当能馥迹存。

慈行皆教子，得助总知恩。

无欲襟怀阔，天开幸福门。

辛丑回眸

瑞雪扮林怡，梅花艳满枝。

终年无憾事，尽日有休期。

健步依然早，精神未觉迟。

不悲霜染鬓，平仄几行诗。

中华慈善日有怀（新韵）

焉知风雨至，灾祸令人难。

古可设粥铺，今能赠奉钱。

行无先后论，善怎少多言。

受助常诚谢，呈玫香馥传。

打工仔辞家

他乡拼搏去，鸡犬叫声声。

执手行行泪，无言脉脉情。

千山风远送，万里月常明。

期待回桑梓，持家沃土耕。

春日湖边

曦升湖潋滟，周岸百花开。

绕岛沙鸥起，随波锦鲤来。

香飘人缱绻，雨过燕徘徊。

犹羡韶华好，春情任雅裁。

闲吟

闲来慢步绪常萦，想后思前感慨生。
水秀山清天寄韵，花香鸟语地含情。
星辰日月长存序，春夏秋冬不尽更。
世事沧桑人易老，尔今犹恋夕阳明。

野望

北山森木千秋绿，南水波涛入海流。
红日何年寰宇照，冰轮几度旅人愁。
俄乌战火无终止，世界时瘟未罢休。
星外若存神佑护，定能不让锁眉头。

全民阅读日夜吟

灯映芳兰小院幽，闻馨精爽揽神州。
诗歌曲曲风骚记，文史篇篇雅颂留。
梦绕千年常有意，阅行万里总凝眸。
邀君共赏乾坤韵，浩瀚如星乐不休。

某协会

犹期指点学声歌，诗友娘家盼切磋。

雨露从来滋草木，阳光自古照山河。

常抛职责情怀少，总附高枝世论多。

莫让浮云遮望眼，当知后浪逐前波。

虎年贺岁

寅虎宵来瑞气盈，梅妍雪洁水流情。

阳光总向山河照，雨露常为草木荣。

归燕营巢愉旧友，霜翁寄韵写新声。

春华夏润丰收酿，一岁欢歌卯兔更。

访沈园及陆游故居有怀

湖鉴梅开依旧红，钗头凤曲诉幽衷。

三山居里盈兵气，孤鹤亭间练武功。

铁马著鞭沧海去，金戈雄剑碧霄通。

千秋星月沈园晓，今日晶明慰放翁。

秋韵

露扮故林新果馥，波流沃野画图长。

鸿归云里思遥路，蛐乐声中肥蟹螃。

应逐清寒枫叶秀，不随影落菊花芳。

勤劳欣慰丰收季，秋实酬春韵久扬。

无题

高天有爱温光洒，厚土含春喜鹊鸣。

美景良辰期眷遇，赏心乐事盼交萦。

潇湘斑竹盈盈泪，云雨巫山满满情。

何日凌波追梦去，瑶台青鸟送欢声。

《寄韵春秋》诗词集出版抒怀

寄韵春秋越三年，书波情荡载尘缘。

禽虫花草萦凡宇，日月星辰润碧田。

笨鸟勤飞千里唱，轻舟劲棹一帆悬。

欣观霞染争分秒，白叟神驰竞自然。

贺《诗韵铜山》付梓

诗韵铜山格律彰，春风化雨众花香。

百年华诞丰功颂，四季欢歌雅景扬。

脉搏同频齐共振，初心不忘勇担当。

传承国粹填空白，书载豪情唱八方。

云龙书院 300 年庆

荟萃群英育栋梁，昔经皕载展辉煌。

春风化雨葳蕤泽，桃李连枝馥郁扬。

屡历冰霜根永在，曾无踪迹脉依常。

望湖亭里书声起，千古云龙恋可廊。

写慈善会工作报告感怀

四年募集三千万，公众齐心朗朗天。

困境家庭愁可解，寒门学子梦能圆。

呈玫怎论多和少，送炭何分后与先。

善举上苍皆护佑，慈行发运福连连。

饭碗需装中国粮

饭碗需装中国粮，农田保住不心慌。

城郊偶见疏芜接，岭上时观掘土忙。

华少逐波寻客路，老翁挥背恋家乡。

若能吸引英才聚，沃野青山万代长。

读诗歌赛获奖作品

春风拂面百花开，五谷丰登沃野栽。

一路放歌情浩荡，小桥流水韵徘徊。

青山依旧曹刘去，盛世于今李杜来。

厚土若能常得泽，华林久可出新材。

诗用时言韵可长

格律诗词出大唐，神州千载历沧桑。

秒钟总比更夫准，雁信何如微信强。

昔借霜矛呈俊逸，今凭火箭入浑茫。

时言妙用流传快，旧语翻新寄韵长。

看结婚证有怀

此书弹指卅春秋，沐雨经风共驭舟。

几度无房租住苦，亦因二女减薪愁。

沃田得赏棉和稻，明月何存乐与忧。

稳舵逐波船靠岸，青山绿水画屏留。

登山遐思

健步登阶伫岭头，倚栏极目意悠悠。

山高难阻行人路，水远犹存荡桨舟。

地北天南鸿往返，通今仿古律寻求。

诗仙浪漫千秋颂，豪放东坡韵自流。

翁妪务农

儿孙拼搏去他乡，翁妪田园稼穑忙。

犬唤载归迎夕月，鸡鸣披露沐朝阳。

夏炎怎置阴凉处，冬冷难临日暖房。

沃土可营仓廪满，犹期后辈展辉煌。

昭君怨·晨鸟惊梦

晓梦巫山云雨。沧海桑田神旅。月殿望嫦娥。逐心波。

鸟报黎明声唤。雨打芭蕉魂返。睡眼顾西东，送清风。

献衷心·参加"救助急难·雪中送炭"慈善项目募捐感怀

月圆重月缺，祸福偶相联。风吹疾，雪绵绵。见壮年罹患，遇雏稚身残。家贫困，人瘦悴，日犹艰。　　众人慈善，情满家园。雪中加炭，室漏添砖。助残儿康复，鹰击蓝天。玫瑰送，留手馥，更心欢。

注：2020年9月7日，本人组队参加铜山区"救助急难·雪中送炭"慈善项目募捐活动，收获颇丰，以词抒怀。

踏莎行·参加"助寒门学子圆梦"抒怀

天有寒风，人存急难。黉门学子犹期盼。雪中送炭酷冬消，情扶壮志冲霄汉。　　稚鸟穿林，孤舟行远。秋高气爽浮云散。春来雨润岭川葱，新花映日芬芳现。

水调歌头·生态之光

诚心护国土，规划绘家园。千秋功业，守住红线子孙安。改善农房腾地，修复石塘生态，荒岭变青山。破阵又攻垒，聚力保农田。

练精兵，党建领，谱新篇。众人划桨，群策群力驶航船。战略宏规殊妙，服务细微周到，旗帜引头前。持续金杯举，永世富粮棉。

一剪梅·《诗韵铜山》初成寄怀

诗韵铜山尽寄情。书写春秋，神聚群英。收齐廿四选优篇，携手齐心，精益求精。　　咏水歌山齐放声。脉搏相连，共振同行。迎春犹赏蜡梅妍，格律常吟，经典传承。

江城梅花引·诗友赏冬景

翠苗期盼覆绒衾。雪飘临。任飘临。洗净寒埃，絮压竹枝沉。梅绽一枝春在望，疏影俏，暗香盈、天韵侵。赏心，悦心，雅景寻。

酒自斟，酒献斟。友萦逸襟。面苍穹、同表欢忱。别趣无寒，舒畅劲弹琴。犹待惠风桃杏稼，观舞蝶，拍勤蜂、共野吟。

生查子·梦思

重山魂梦长，微信音频少。书欲托飞鸿，转瞬心波到。　　归话别离情，莫怨容颜老。难遇惜朝云，唯盼千秋好。

好事近·梦中泛海

面对海风扬，欲泛沧溟空阔。谁愿与吾同道，着扁舟一叶。蓝天厚土写春秋，万里千年别。不晓今为何夕，望冰轮皎洁。

和满子·流光

谢了新英春去，金秋彩菊飘香。历沐人间风雨，磨消多少轻狂。斟酒杯邀明月，对歌吟赏斜阳。

虞美人·望月

儿时望月柴门里，始把童谣记。中年望月别情生。故里犹思难返、梦常萦。　　尔今望月随回首，清气相盈袖。悦观耕稼恋尘宵。总伴西风霞染、韵推敲。

沁园春·《铜山红色资源概览》付梓有怀

历史悠悠，革命留痕，忆录铜山。有运筹旧址，战场遗迹；英雄故事，烈士陵园。笔记存文，先驱诗赋，民众歌谣颂俊贤。今翻梓，印昔时大事，今日青编。　　垂勋持续相传。旗帜举、初心记永年。愿精神长驻，英雄总在；兴邦留韵，饮水思源。活动常临，融媒持播，红色基因进校间。征程上，定辉煌铸就，再谱新篇。

女冠子·幽梦

闻馨梦现，恰遇桥头桂畔，满花时。微笑佯观卉，羞言触手知。临溪还说月，欲躲却相依。鸟鸣惊醒叹，误佳期。

好事近·夜听春雨

深夜雨敲窗，梦醒久萦冬别。无奈他乡孤旅，酿忧人心结。总思耕稼应东风，梨花绽如雪。何日子随妻伴，赏故园明月。

浪淘沙令·重聚拨心弦

相聚忆从前，立雪三年。垂杨紫陌杏林边。犹记当时携手处，心静如莲。　　离散总随缘，别恨绵绵。相逢已见鬓霜斑。共寄夕阳篱畔韵，重拨心弦。

江城子·贺神舟十三号乘组凯旋

神舟半载去巡天，别空间。返家边。着陆东风、隽杰摘星还。感觉出舱良好语，神振奋，泪潸潸。　　千秋逐梦梦今圆。箭高悬，讯萦牵。展翅雄鹰、驭宇志犹坚。建站云宫营久久，琼楼上，贯辰连。

醉花阴·神舟十三号凯旋（新韵）

驼抢镜头迎舱返。唯对英雄面。戈壁望嫦娥，袖舞监大，今全东风见。　　古来母爱千千万，许下摘星愿。半载九天巡，逐梦萦旋，娇女鲜花献。

临江仙·"天问一号火星探测器"飞天感怀

智通天问翔穹宇，飞驰七月长征。火星神秘欲观清。碧空无限远，探索古今行。　　楚雄湘累寻乾道，时英谋划宏规。尖端科技速腾飞。振兴华夏，齐勇树丰碑。

南歌子·住院调血糖感怀

从未贪甜食，何曾恋酒杯。平时早睡沐朝晖。持久强身健体、瘦躯维。　　本应悠然过，谁知疾病追。宽心莫论是和非。秋去冬来有序、自然回。

定风波·壬寅大寒游楚河

雪映梅开点点红。碧河凫戏应寒风。絮落翠林林更翠，祥瑞，健行霜叟迈西东。　　何故隆冬浑不怕，挥洒，解封不再锁家中。新冠染阳康复后，邀友，岸亭对弈辨雌雄。

阅读抒感

读《道德经》感悟组诗

一

空无缘妙有，天地道中生。

厚土成河岳，苍穹为日星。

二

淡中能悟道，常里识真人。

从善冲情在，仁慈友笃深。

三

柔弱胜刚强，刀锋别露芒。

若无贪欲盛，平顺不遭殃。

四

逢硬莫横强，宽柔可克刚。

人能知进退，天地酿云祥。

观《汉刘邦》电视剧（新韵）

千古英雄气，铮铮铁骨情。

大风歌咏唱，问道忆曾经。

观《庆祝中国共产党成立 100 周年大会》

红船百载行，马列指航程。

华夏沧桑变，人民享太平。

观《一馔千年》（新韵）

曾是古人餐，今将美味延。

简繁皆智慧，一馔续千年。

观《地名大会》（新韵）

盘古造河山，人需应自然。

地名存厚蕴，雅称永流传。

观《紫鹊界梯田》电视片

山高有水长，顺势润金黄。

锦绣梯田织，游人恋僻乡。

观二十大闭幕式

朝霞灿烂千山染，晚翠苍茫九陌穷。

精绘蓝图民所向，齐心圆梦展雄风。

读二十大工作报告

问天逐梦几千秋，崛起雄歌响九州。

纵有群山相阻挡，江河万古向东流。

观《典籍里的中国》

先贤智慧留千载，典籍如灯照世人。

传续文明心所向，百川归海道修真。

观《经典咏流传》

从来白玉无春老，自古苍穹有月明。

好韵千秋经典咏，浮云万里怎遮晴。

读《道德经》组诗

一

宇宙常观日月星，空无有律乃精灵。

迷茫人世谁能解？领悟神游《道德经》。

二

万物无常存律序，心能识道去迷茫。

生生死死循环变，缘在回归往复长。

三

道法自然生万物，天人合一水长流。

功成事遂缘循律，若要心安少欲求。

四

昊宇苍茫道有缘，心如大海纳千川。

众人皆醒吾独醉，一片虔诚敬地天。

五

天道无亲给善人，慈行义举福千春。

如期尽荡恩仇去，请把他心比自身。

听名师讲课有感

键入银屏道理明，通今博古语言精。

若无心汲三江墨，哪绘丹青韵久盈。

观《巨石树劈》图

生机天择缝中裁，枝叶青葱巨石开。

弱体缘何能克硬？春风缕缕月徘徊。

揽月探海抒怀

乘风破浪起航程，奋楫扬帆万里征。

待到蛟龙天问返，满舱海宝与星明。

闲吟

绿水青山韵自多，鸟鸣春丽唱金波。

若能重惜天公赐，方得儿孙世代歌。

读《娘，我的疯子娘》感怀

小序：一位患精神疾病的年轻流浪女子，被大她十多岁手残的男子收为妻，次年生一子后，婆婆怕传染孙子疾病，把她赶出家门。五年后，回来看儿，得留家中。为保护儿子不受他人欺负而受毒打。儿子上高中后，每周走二十多公里的山路给儿子送饭。一次儿子说山桃很好吃，在回去的路上她因摘山桃，坠崖身亡。读罢泪流不止，特以诗记之。

精神患病残，流浪日犹艰。

有幸生婴子，无能育幼年。

护儿横祸惹，摘果命途捐。

陈述平凡爱，揪心涕泪潸。

观《大决战》（新韵）

红船破浪行，四海起狂风。

天地存虹气，精神铸俊雄。

运筹千里远，决胜九州同。

巨舰旌旗引，航标北斗星。

观《典籍里的中国》之李时珍

甘行逆水舟，本草一生修。

纲目先河创，分支捷径谋。

亲尝花与叶，走遍涧和丘。

卌载成书印，千年四海流。

观《霸王别姬》

天地神州立，铮铮傲骨雄。

霸王争楚汉，铁甲伴重瞳。

自刎千秋曲，姬离万世风。

何须成败论，誓不过江东。

观 2023 年《春节晚会》

卯兔报春来，银屏喜乐开。

百花齐竞艳，四海共登台。

舞去陈时疫，歌妍雪里梅。

欢声常载送，曲雅韵徘徊。

听《二泉映月》

如水扬澜诉世更，人间仙曲久留声。

萧萧弦拨二泉澈，黯黯盲观一月明。

不尽沧桑存旧恨，无穷风雨有柔情。

伤心未忘神游远，潦倒尤期得满盈。

听《马毛姐》故事

宜将剩勇战顽凶，千里江波阻路通。

壮志男儿齐仗剑，妙龄女子劲弯弓。

挥篙敢破重重浪，掌舵邀来满满风。

百万雄师天堑越，民心所向力无穷。

参加苏南"两新"党建学习

金秋送爽菊花芳，立雪程门拜桂堂。

物业和谐旗帜举，先锋掌舵巨船航。

商圈共创新途探，组织扶持经验扬。

千古苏南传雅韵，潜心学子建家乡。

观《营口鸟浪》视频

蓝天作幕海为台，红旭光柔鸟浪裁。

恰似鲲鹏千里去，犹如龙马九霄来。

云飞潮滚吞船舰，雨落风吹净土埃。

营口滩涂书锦绣，游人春日赏花开。

观《经典咏流传》

欣观央视聚群英，经典新歌巧点评。

厚韵千秋犹在寄，浮云万里总能晴。

从来白玉无春老，自古长江有月明。

华夏复兴心所向，鲲鹏展翅皓苍征。

《感动中国》2022 年度人物

——邓小岚（新韵）

离职恋马兰，劝教踏青山。

一去孩童悦，相逢往事连。

歌声盈奥运，乐曲送瀛寰。

尽奉平凡爱，精神华夏传。

观《2021年大国工匠颁奖典礼》

华夏千秋颂匠人，尔今更显匠人神。

蛟龙探海陀螺妙，火箭升空宇宙巡。

数控机行皆著意，工程测量尽归真。

雕弓写月心专注，精益求精欲住春。

观《刘伯承元帅》

从戎投笔终生献，意志如钢显帅神。

征战运筹韩信策，关山看剑孔明循。

杏坛执教存遗稿，走马挥鞭育俊人。

儒将英名传广宇，九州歌颂尽情真。

读《春江化月夜》

一梦心从古韵中，人间世事话苍穹。

江边谁望千秋月，月下云游万里空。

海角天涯生白发，家乡故土有春风。

昔离只叹重山远，今念飞机电信通。

观郑州暴雨（新韵）

千秋之下未留踪，一日银河泄水泓。

非是人间无准备，只缘天上不怜生。

昨虽内涝洪灾现，今见齐心大爱呈。

巨手欲将雷母缚，龙王莫再乱兴兵。

读李白诗

信马由缰将进酒，举杯邀月谪仙情。

三山五岳诗流畅，海北天南韵纵横。

那肯高明权贵附，乐于一醉锦章呈。

心犹浪漫千秋赞，经典相传颂美名。

读杜甫诗

国破家亡文史记，忧民济事笔锋新。

感时总酿感伤韵，三吏随临三别人。

纵使胸襟藏绿野，难逃饥饿苦凡身。

千秋诗圣千秋颂，格律相承后世春。

读王维诗

山水田园摩诘情，自然隽永韵常耕。

阳关三叠歌持唱，大漠孤烟月朗明。

别野流云诗有画，空阶描景画传声。

佛前跪拜随知意，律境丹青后世呈。

读白居易诗

琵琶一曲道情真，长恨歌吟万古春。

欲雪红炉邀至友，将萌绿草染篱新。

丹心约履光阴逝，司马船行涕泪沦。

唱和常留奇妙句，平民乐赏到如今。

读苏轼诗词

芒鞋竹杖定风波，试问青天水调歌。

卜算子书鸣小隐，江城子悼创先河。

屡遭贬谪惊蓬远，每向川流逐梦多。

豪放诗人犹婉约，千秋传诵念东坡。

读范仲淹诗文

边关一阕渔家傲，塞下秋来故里思。

欲革敝规除旧制，且为儒将举兵旗。

先忧后乐丹心展，豪放情柔壮志词。

伟略雄才千古念，岳阳楼记映朝曦。

读辛弃疾诗词

曾耘田野酿柔情，亦梦沙场点劲兵。

北固楼前才杰忆，稻花香里月光明。

空存报国凌云志，无奈还家白发生。

豪放稼轩留厚韵，神州千载颂人英。

读陆游诗词

宛歌一曲表心声，疑似山重柳岸明。

驿外梅花曾惜别，楼边风雨总关情。

中原难践忠魂志，南国空余壮气英。

诗寄春秋无限韵，佳篇经典古今荣。

读元好问摸鱼儿词

荷酿长丝蕴苦心，千秋犹念白头吟。

双莲脉脉根还向，比翼喃喃意自深。

谢客烟中身世叙，湘妃江上梦魂寻。

无缘谁种相思树，洛浦凌波鼓瑟琴。

观《庆祝中国共产党成立 100 周年大会》组诗

巨轮远航

巨舰乘风已远航，红船开道满帆扬。

蛟龙几度蓬莱探，极地经年碧海量。

斩浪劈波朝北斗，驱魔战霸驶东方。

畅游寰宇千秋梦，盛载乾坤运百祥。

科技逐梦（新韵）

逐梦神州尽舜尧，导航北斗路条条。

茫茫大海千帆远，浩浩苍穹一箭高。

道畅相连织锦绣，业精并起颂英豪。

嫦娥今遇天宫伴，欣瞰鹏飞轨迹娇。

百年华涎

红船逐浪百年航，华夏云兴振八方。

大路犹明旗帜领，丰神自信理论扬。

休谋发展民安乐，改革维新国富强。

世界和谐求一体，九州圆梦道弥长。

观《梁山伯与祝英台》

同窗共读深情建，山伯英台念恋长。

比翼鸳鸯离别恨，双飞蝴蝶悦欣狂。

人间礼教呈桎梏，天上繁星伴月光。

期愿仙桥神鹊筑，彩虹云架接参商。

读诗

精微国粹久传扬，万里云霄入梦长。

吟看花开馨自远，坐听松语韵生香。

古今天下风骚客，日月心头锦绣章。

世事年来情已淡，推敲平仄总疏狂。

玉楼春·读李清照词

千年一梦青梅嗅。曾叹香残随玉瘦。海棠花遇雨风摧，秋菊逢霜思挚友。　寻寻觅觅黄昏后。是是非非难看透。闲愁何了驻心中，婉约寄情传韵久。

破阵子·读刘禹锡诗

戏说玄都二度，贬遭巴楚经年。陋室铭文千古颂，病树前头绿应天，沉舟送浪船。　一鹤诗盈秋色，竹枝词咏情宣。怀古千秋存底蕴，挫折何消梦得言。诗豪韵总连。

行香子·观《地名大会》

对阵银屏，汇聚丛兰。见精英妙语频宣。地名生趣，故事星连。道林中画，城中趣，水中船。　神州辽阔，诗流悠久，更风情民俗持延。物华天宝，绿水青山。约景常拍，歌常和，味常餐。

沁园春·读毛泽东诗词抒怀

　　胸藏乾坤，神游今古，文化传承。览楚辞汉赋，建安风骨；唐诗宋韵，金曲元声。求索离骚，挥鞭魏武，笑傲红尘太白鸣。忧天下，咏大江东去，看剑挑灯。　　挥毫运握雄兵。马列引、党旗瑞道擎。见唤龙飞舞，千秋史写；书卷留韵，万里长征。寇蒋皆驱，援朝抗美，掌舵扬帆巨舰行。红日冉，赏民强国富，水秀山清。

沁园春·建党百年抒怀

　　举国欢腾，共庆华诞，同贺辉煌。见珠峰旗荡，群山劲舞；长江歌涌，四海推扬。物阜民安，三军雄健，崛起神州趋富昌。稳持舵，正神标北斗，巨舰长航。　　百年涉履沧桑。马列引、工农齐武装。有长征万里，精神弥久；中原百战，意志坚强。理论先行，举旗阔步，社会和谐寻妙方。春长在，愿凝心圆梦，华夏无疆。

他山撷玉

他山撷玉 / 名家点评

徐向中点评 徐向中，江苏省徐州市铜山区人，1982 年毕业于徐州师范大学历史系，历史学学士，高级教师。中华诗词学会会员，中国楹联学会会员，江苏省诗词协会常务理事，江苏省楹联研究会理事，徐州市诗词协会常务副会长，徐州市楹联家协会副会长，《彭城诗派》杂志主编，《大风歌诗友会》微刊执行主编。出版格律诗词《回声集》、自由体诗集《月光下的含羞草》。主编、副主编，出版书籍近 20 本。

祈雨

入冬无水落，地旱雾霾多。
祈祷淋甘露，滋禾去病魔。

盼雪

二九光恒照，隆冬气不寒。
心祈飞絮舞，增水麦披棉。

民谚云：瑞雪兆丰年。如果冬暖、干旱，不但小麦容易受病，造成来夏减产减收，更会影响农民的生活，作者为此而心忧焦虑。

己亥年芒种前夜大雨

风雨交加夜未休，麦黄若倒实难收。

天工有眼晴空放，莫让农民再顾忧。

芒种之前，正是收麦之际。此时大雨滂沱，小麦就要倒伏，不但耽误收割，而且影响晾晒，并且容易发芽，作者也为此寝食难安。

诉衷情令·己亥年立冬不寒

时逢冬暖菊仍芳，枫叶染轻霜。秋苗旺长难健，大地旱、雾蒙乡。

遵节令，盼风凉。雪飘扬。降尘驱患，润泽农田，稳夏收粮。

此词，也是心忧气候不利作物生长，顾念农家的收成，体现出作者的悯农情怀。

烈日下

烈日炎炎似火烧，高温草旺胜禾苗。

老翁挥臂迎光晒，哪顾衣衫汗水浇。

这首七绝，形象地描绘了一老汉在烈日酷暑下挥汗除草的逼真形象，这是农家的真实写照。

迎雷雨

雷鸣电闪云翻墨，急雨飞珠卷土埃。

游客匆忙车里躲，抢粮老妪伴翁来。

夏季潮湿，粮食要经常晾晒，以防霉变，一旦坏掉，不但没了口粮，想换点零用钱也不可能。此首用对比手法，写游客的躲雨和老农夫妇冒雨收粮的急切身影。不同的身份，相反的行为，能给人鲜明的感受。此首纯用白描，很见功力。

收蒜寄怀

熟蒜散头收费力，争时拼抢竞晴天。

耄耋母亲身灵快，花甲儿媳手木然。

脚腿酸疼难下坐，掌肌血泡早磨穿。

辛劳一日多周累，不干农民怎富安？

种蒜虽然比种粮能多收入，但更加费时费工。从筛选蒜种，到一颗颗地栽，栽后覆盖塑料薄膜，还要经常浇水、打药、除草。而后提蒜薹，成熟前还要把蒜颗按倒，待熟时要一颗颗剜，然后晾晒，太不容易了。在农村，许多劳动力都外出打工，剩下的老弱病残成为收种的主力。这首律诗，把收蒜的场景描摹的绘形绘色、细致入微，体现出作者怜恤农家辛劳的真挚情怀。

小暑日田间即景

仲夏正骄阳，垄间伛叟忙。

耘苗挥大汗，除草送斜阳。

辛苦田禾健，勤劳园卉芳。

不经炎暑热，哪有果盈仓？

　　这首五律，写田叟田妪，炎夏酷暑耘苗除草的场景，语句流畅，对仗工稳，真切自然，以反问的修辞手法作结，余意不尽。

插秧

收麦插秧佳日短，居家老少战田园。

弯腰曲背强光射，低首观天热汗潜。

两手穿梭织碧网，一身照影累酸肩。

披星戴月农时抢，辛苦唯祈换瑞年。

　　古语有言：百亩之田，不违农时。对于农家来说，抢收抢种，尤为重要，一旦违时，不但多费种子、功夫，还会减产减收。这首作品，有描述，有议论，写景抒情，如在目前。

秋霁·暮秋农趣

云淡天高，见叶染严霜，晓降寒露。碧水澄波，柳垂湖影，岸葱桂飘香雾。雁群一字南飞去。硕果举，仓满、霁秋丰获粟盈库。

虽见叶落，未感萧条，麦壮菠葱，体强冬度。大田闲、温棚召唤，耕耘巧手绣花处。网络电商无日暮。圈栏声悦，鸡欢兔跳鹅鸣，待梅迎雪，暗香如故。

这首词，物象众多，错落有致，情景交融，随着镜头的转换，视觉、听觉、嗅觉渐次推出，丰富多彩，并能在具体事物的描述中，体现时代感，如"网络电商""温棚"等。

行香子·雪霁

雪霁轻风，丽日东升。白茫茫、遍野玲珑。凫游碧水，芦絮摇晶。见蜡梅黄，枇蕊白，竹松青。　　童戏翁迎。欢聚兰亭。塑琼人、目炯神明。推球仗雪，歌舞欢腾。听鸟轻鸣，犬欢吠，笛幽声。

这首词，借助雪后之特殊场景，展现出农家老幼欢度冬日的愉快心情，呈现的是一派升平景象，也是作者为农家丰收年景而欣喜的表露。此词融情入景，委婉雅致。

陪高堂

每天抽空伴高堂，默默不言坐膝旁。

没有山珍佳味敬，慈容常看慰心房。

俗语有云：陪伴是最好的报答和孝顺。有子常坐膝边，母亲何其幸福和宽慰；能每每抽空陪伴慈母之人，其孝心也不言自明。这首绝句，语淡情深，极为感人。

陪外孙看动物世界

外孙六岁绕身旁，同赏屏中扑食忙。

每见苍鹰擒鸟兔，他挥小手泪沾裳。

这首七绝，题材新，立意好，能抓住特殊瞬间，把儿童的纯真、爱心描写得具体、生动、感人，也体现出作者从细微处培养后辈的用心。

收萝卜

高堂数月润清泉，缨翠身红立满园。

欢趣儿孙收脆果，枝头鹊唱爽风传。

这首诗，虽然二十多字，但写得摇曳多姿。首句交代老母亲的勤劳；次句点出老母劳动后的果实丰硕；三句写后辈们收萝卜的欢快和乐趣。诗中呈现的是祖孙三代和和美美的氛围。"鹊"是报喜鸟，又将"爽风"拟人化，它们均具双关含义。这就把老母亲的勤劳收获和儿孙们的收取乐趣借助"鹊"和"爽风"传布而出，这种以景作结的手法尤其含蓄有余味。

定风波 · 北堂耄耋扮农家

豆角番茄绽紫花，蔓阴蓬架吊黄瓜。鹊唱燕欢歌满树，佳景，水澄荷翠戏鱼虾。　　红瓦灰墙庭院雅，幽宅，咏诗歌赋品新茶。闲僻舍园犹眷恋，骄傲，北堂耄耋扮农家。

这首词，用院中五颜六色的菜蔬，水池中欢游的鱼虾、青翠的莲荷这些可视可感的众多景物，来歌颂年迈母亲的勤劳，作者也因此感到骄傲和自豪。词中含蕴的是对慈母无限的敬爱和浓浓的亲情。

坪草

根须缠绕不择居，四季青青坪翠铺。

只为人间送清爽，一片丹心任剪除。

这首绝句，不是泛咏"草"，而是专指"坪草"。作者用拟人化的手法，既写出了坪草的特质，又颂扬了坪草的美德，给人以美好的联想。

枇杷树

枇杷味美岸边排，秋蕾冬花夏果摘。

不慕蜡梅招墨客，常年滴翠酿情怀。

这首绝句，将枇杷树的特点描述的既清晰又简洁，而且夹叙夹议，意在言外，让人感到"枇杷树"平凡中的不平凡，有许多人不也如此吗！

筷子

苗条哥俩比肩长，美味佳肴早品尝。

无论与谁相搭配，协调互助送餐忙。

这首小诗，借助筷子，阐明了团结协作重要性的大道理。它启示人们：一个巴掌拍不响，团结互助力无边。与人合作，需要奉献，更能收获。

蝉

饮露餐风绿叶间，宏喉鸣唱尽情欢。

谁知酝酿惊人语，沃土潜营多少年？

    这首诗，用反问作结，给人留下联想的空间，会让人想起梨园子弟的名言：台上十分钟，台下十年功。它告诉人们，任何事业的成功，不可能一蹴而就，都要默默地长时间付出艰辛的劳动。

墙头草

缺肥少水缝间藏，给点温光便首昂。

春季抢先嫩芽吐，终年常有萼花扬。

迎风摇叶防腰折，趁雨扎根固体强。

随遇而安添绿色，虽然柔弱寿无疆。

    墙头草，随风倒，没有立场、没有原则，这是惯常的认识和写法。而贤君先生却一反常态，从另一角度着笔，赞颂了墙头草顽强的生命力，翻出了新意。且此作自然流畅，对仗工稳，结构紧凑，议论入理，非常出色。

葱

起源北国易安家，圆叶修长伞穗花。

青白分明余味久，甘为配角献生涯。

此首结句深得咏物旨趣，有意外意。

萝卜

植根华夏族蕃昌，多肉葱缨汲日光。

身着彩裳心洁白，翠甘祛病献肴香。

此首第三句好，人格化的描写，赋予萝卜以灵性，生动形象。

空调

夏送凉风冬暖飘，随心所用任频调。

从来不问名和利，总酿温馨功德高。

这首绝句，意新语奇，赋予空调以人格，赞扬了它的无私奉献精神，给人以美好的启发和联想，非常成功。

智能手机

传语输文送画屏，云窗智慧令人倾。

锦书不再需鸿雁，跨海巡天一键生。

此首七绝，将智能手机的功用与先进性描摹得很成功，末句特有气势。

一缕月光点评 一缕月光，原名曲立宁，联通公司员工，古典诗词爱好者，业余时间喜欢涂涂写写，在《雪藻兰襟》诗社任编辑。

游子吟

天涯游子路，月夜梦犹长。

离别春风送，归来雪满乡。

绝句在于短小精悍，尤其五绝，不能随便浪费一个字，要在最小的篇幅中表达最深的含义，这首五绝很棒，写的是游子的心境，诗眼在一个"长"字，游子浪迹天涯，每天梦里都是故乡，里面有日思夜想的亲人，有魂萦梦牵的风景，沉浸其中久久不愿醒来，"月夜梦犹长"真实表达了游子的境况，"离别春风送，归来雪满乡"，又一个长长的时间跨度，走的时候是春天，回来已经白雪飘飘了，要不是为了生活，谁愿意背井离乡，受尽艰辛，一句话没有说苦，但是看完让人产生共情，觉得活着不易，每个人都有他的无奈，且行且珍惜吧。

云龙山上雨后掠影

流莺声杳杳，新霁竹苍苍。

山绿一湖水，群鸥入夕阳。

这首五绝写的雨后小景。"流莺声杳杳，新霁竹苍苍。"青山新雨后，有自在娇莺恰恰啼，初晴映着竹林，翠色欲滴，一切都那么的生机盎然，"山绿一湖水，群鸥入夕阳。"接着一转，镜头拉远了，只见青峰倒立水中，有白色的水鸟展翅，越飞越远，渐渐隐入天边，而橙色夕阳正留恋人间，依依不舍不愿落下。

小诗清新脱俗，看完让人沉浸在那雨后初晴的喜悦中。

雷海基点评 雷海基，江西进贤人，军旅诗人，诗词评论家。曾任解放军某部队政治委员，大校军衔，编著出版有《诗词快速入门指导》《古今名家论诗词语录》《好诗创作谈——雷海基诗论文选》《雷海基作品选·诗词卷》《雷海基作品选·理论卷》。

采莲

红日照荷田，谁陪妹采莲？

歌随波荡漾，笑语满篷船。

诗内诗外都是美。首句是景美，次句是人美情美，第三句是歌美，第四句是声美。整首诗写的是生活美，劳动美，也有清新的画面美。诗的基本要求是用美的语言，抒发美的情感。

初夏夜梦

拂夏风传紫楝香，蝉鸣碧树送清凉。

映窗明月萦幽梦，梦至巫山云雨旁。

美梦也是有条件的，风传楝香，蝉鸣雅曲，树送清凉，窗映明月，美梦自然而至。但"巫山云雨"一词似乎有商榷余地。

好事近·夜听春雨

深夜雨敲窗，梦醒久萦冬别。无奈他乡孤旅，酿忧人心结。

总思耕稼应东风，梨花绽如雪。何日子随妻伴，赏故园明月。

上阕写他乡雨夜孤独情景，下阕写思乡并抒情，结尾的"何日子随妻伴，赏故园明月。"画面感极强，与上阕的"他乡孤旅"对比鲜明。诗的逻辑性、形象感皆强，流畅好读。

安全东点评 安全东，字泓亭，号三半斋主人。出生于 1954 年 7 月，四川省平昌县人。系四川省作家协会会员、中华诗词学会会员。现任巴山诗社社长，作品入选多部诗词专集并获全国诗词赛事大奖。出版诗词集一部。

问月桂（新韵）

金秋香馥送，桂绽竞葳蕤。

月上何年种？人间岁岁归。

前两句扣"月桂"，后两句扣"问"。问则见奇，见趣。有问而无答，乃见意长，读罢若有所思。

雨霁回乡

风光月霁映窗边，夜梦家乡电话连。

红日初升吾未至，高堂早站老房前。

此真回乡抑梦回乡，诗中甚是模棱，或正因为模棱而见妙，抑作者之用心也。高堂知"吾"将归而早早守望于老房前，此不说己之思亲而说母之待儿，更见己之思切也。因谓作者经营特有匠心。

张振奎点评　张振奎，江苏省徐州市贾汪区人，1989年毕业于江苏警官学院，历任铜山区多镇副镇长兼派出所所长，区公安局国保、交警等大队大队长、局党委委员，现为区公安局四级高级警长。

夏晚河畔

蛙声阵阵话清凉，满岸蔷薇染水香。

谁恋晚来风软软，花枝悄傍钓鱼郎。

聚焦夏日晚上河边夜钓情景，仿佛喜欢钓鱼的自己亲临其中。依伴在蔷薇边，聆听着如潮蛙声，享受着阵阵花香，如痴如醉，实在美不胜收。诗人丰富的生活阅历，加上巧妙构思，绘制了一幅美妙的夏夜河钓画卷。

夏日坪间黄花

黄英点点染西东，精绘坪间绿色中。

不与梅兰争璀璨，韵传凉意欲生风。

夏日黄花，是一种百合科萱草属植物，喜凉爽湿润地，色黄味香。诗人描写了绿意盎然的草坪间，无数的黄花点缀，迎风铺展，远远望去，黄绿相间，如同诗人张翰描写的"黄花如散金"那样，景色美不胜收。但诗人内心显然不是在赏景。诗人认为赏心悦目、逸韵高致的黄花生长在草坪中，不与梅兰争风斗艳，而是运用自身风韵与外界清风的结合，给夏日的人们带来丝丝凉意，为世人减轻夏热的苦闷。

诗人通过夏日坪间黄花的描写，揭示了诗人不图名利，默默无闻，乐于创作的真实境界，通过自己所爱的诗词创作，为大家带来美的精神享受。

芒种新晴

芒种恰新晴，苍天助稼耕。

举家金麦运，整日沃垄行。

催得芽先发，传来鸟悦声。

农人迎朗旭，汗润黍禾荣。

读后不禁为诗人关心农业、关爱农民的体恤心情所感动。

众所周知，芒种时节正是黄淮海地区小麦收割高峰时期，农民期盼天气晴好，能够获得一个好收成。诗人首句描写了今年芒种天气晴朗，十分有利农民收种，第二句描写了农民全家出动抢收抢种的情景。第三句描写了因抢种及时，庄稼开始发芽吐绿，到处传来优美动听的鸟叫声，体现出诗人愉悦的心情。第四句描写了通过人们的辛勤劳作，加上风调雨顺，庄稼生长旺盛，到处欣欣向荣的景象。

诗人通过芒种时节的天好、人勤、庄稼旺盛的描绘，一方面反映了该时节抢收抢种的重要性、紧迫性，另一方面也反映了诗人怀有对"三农"工作的深厚感情。

他山攫玉／名家点评

寄诗友

近水知鱼性，登山识鸟音。

皆言诗韵远，谁晓苦中寻。

该诗反映了诗人知音难寻的苦闷心情。诗人采用对比方式，先从简单的自然经验说起：与水接触就可了解鱼的特性，登上山顶才能听懂鸟的声音。接着诗人话锋一转感叹到：都说诗词韵律高远，可谁又能体会到对它追求探索的艰辛呢？

笔者以为，这里的"诗韵"，应该代指"诗词高人"，是指诗人期望"谋面"的知音。通过一易一难的对比，更加突出寻觅真正诗友的不易。该诗就是希望找到真正的知音诗友，共同探寻"诗韵灵魂"。

观家乡稻田

良种沃田多，春芽变碧禾。

耕耘浇汗水，遍野荡金波。

该诗反映了农民通过辛勤劳动而喜获丰收的情景。水稻从选种、发芽、栽插、生长到成熟，作者通过对这一主要农作物生长周期全过程的观察，发现每个生长阶段都离不开人们的辛勤劳作。在农民艰辛付出和精心管理下，水稻终获丰收，正所谓"粒粒皆辛苦"。提醒人们丰收来之不易，要节约粮食，珍惜劳动果实。

雨霁晓行

夜雨洗林田，曦升叶露悬。

长风清浪荡，翠岭白云连。

朵朵开榴蕊，悠悠钓荻边。

听蛙歌碧水，愉静赏荷妍。

这是一首描写田园美景、自然风光的诗。

先写景。作者采用了由远及近手法。极目远眺：经过一夜大雨的洗涤，山林田园到处郁郁葱葱，枝叶的水珠在晨光照耀下熠熠生辉，阵风袭过，湖面清波荡漾，翠绿的青山高耸入云，与白云拥抱。细观眼前：石榴花万朵吐红，河边上荻草茂盛，水草里千蛙竞唱，池塘中百荷斗妍。作者通过远景近物的描写，一幅优美自然风光跃然纸上，令人心旷神怡，美不胜收。

再写人。雨过天晴，诗人来到河边荻草旁垂钓，身心放松，悠然自得。一边垂钓，一边聆听蛙鸣，静静地欣赏争相斗妍的荷花，心情无比愉悦。诗中用"悠悠"、"愉静"来形容心情的闲适、恬静，身临其中，充分体现对大自然美的享受。

总之，诗人通过对风景如画的描写和特定人物的传神刻画，构成一幅美轮美奂的精美画卷，我们仿佛置身其中，聆听大自然的美妙声音。这首诗不仅描写了自然之美，更是蕴含了人与自然的和谐之美。

外孙习作：

辛丑中秋赏月（新韵）

李懿弋（7岁）

八月中秋夜，嫦娥览桂宫。
吴刚凭树望，捣药为谁生？

为徐州园博园撰联

李懿弋（9岁）

悬水湖映秀；吕梁阁生幽。
横批：无限风光

关宠犬

李懿弋（9岁）

关门将狗锁，它却机灵躲。
吓我叫声惨，原来卡住脖。

后 记

为充实离职后的生活，作者在《诗词吾爱》和中国诗歌报微信创作室学写格律诗词，从基本的平仄、押韵、对仗开始，每天以诗词这个载体记录所见所闻，所思所想，由绝句到律诗，再到填词。前期的作品主要描述、记载花草树木、农时节令，力求体现植物学和自然特性，即时应景，带有科普性。2020 年结集成《寄韵春秋》一书。

学写诗词本意是想充实丰富生活，寻求自我快乐，没想到兴致形成后，便一发不可收拾。为解决对格律诗词知识积累的碎片化问题，系统学习了王步高的《诗词格律与写作》、王力的《诗词格律》，反复阅读、聆听名家对《唐诗 300 首》《宋词 300 首》的讲解与赏析，坚持参加中华诗词学会、中国诗歌网等组织的创作活动，并组建"楚河诗社"诗友创作群，每半月一期开展创作、审稿活动，刊发"铜山诗协"公众号。在组织本土诗友创作的同时，自己的作品与前期相比，发生了一些变化，文学知识由碎片化理解向系统学习转变；格律掌握由生搬硬套向自由运用转变；韵脚使用由新韵为主向平水韵、词林正韵为主转变；对事物的理解由表面化描述向意象化提炼转变；创作激情由为写而写向随心所欲转变，这些变化，自我感觉作品质量有所提升，也深感写诗能明晰思路，净化心灵，陶冶情操。

为留下写诗词的思路和成果轨迹，将近期作品结集成《寄韵春秋（一）》。按春华孕实、夏润禾丰、秋果飘香、冬雪滋梅、亲友情深、桑梓怀恋、节日题咏、山河吟赞、托物言志、人生感悟、闲咏杂讴、阅读抒感和他山撷玉 13 个栏目归类，每类再按五绝、七绝、五律、七律和词编排。自我感觉，本集作品依然只是格律符合要求，仍存在用典少、语句僵硬的问题和遗憾。

作者的诗词作品得到江苏省诗词协会常务理事、徐州市诗词协会常务副会长徐向中先生的精心修改，点拨提高；得到一缕月光、雷海基、安全东、张振奎等名家的点评；得到《中国诗歌报》第三创作室、《雪藻蓝襟》荷华媚室编辑部的者玉春、沈庭报、王晖、程国良等编辑和《楚河诗社》王惠敏社长的热心帮助，谨表衷心感谢。

李贤君

2023 年 12 月